AF219124

Jillian Black

Mutterschmerz

Geschichten über starke Frauen

7 Kurzgeschichten

Bibliografische Information der Deutschen Nationalbibliothek:
Die Deutsche Nationalbibliothek verzeichnet diese
Publikation in der Deutschen Nationalbibliografie;
detaillierte bibliografische Daten sind im Internet über
http://dnb.dnb.de abrufbar.

Herstellung und Verlag:
BoD – Books on Demand, Norderstedt

ISBN: 978-3-75437-454-2

Inhaltsverzeichnis

Mutterschmerz
Geschichten über starke Frauen

Buchbeschreibung:

Sieben Frauen, sieben Leben, wie sie nicht unterschiedlicher nicht sein könnten. Doch eines haben sie gemeinsam. Wie aus dem Nichts bekommen alle Frauen die Diagnose Gebärmutterhalskrebs.

Für jede ist es ein Schock, wirft aus der Bahn. Das gewohnte Leben steht auf einmal still. Jedoch bedeutet die Diagnose Krebs nicht, dass man gleich daran stirbt. Es gibt Hoffnung. Mit Unterstützung von Freunden und Familie schaffen es Jessica, Sandra, Bettina, Heike, Katja, Tamara und Rachel die Diagnose anzunehmen, die Therapie zu meistern und an der Herausforderung innerlich daran zu wachsen.

2016 erkrankte Jillian Black selbst an Gebärmutterhalskrebs. Inzwischen gilt sie als geheilt. Geprägt von ihren eigenen Erfahrungen möchte sie auf dieses Thema in Form ihrer Geschichten aufmerksam machen. Zudem möchte sie anderen betroffenen Frauen Mut machen und zeigen, dass die Krankheit heutzutage heilbar ist.

Außerdem ist es eine Chance für jede betroffene Frau, wieder mehr auf sich und die eigenen Bedürfnisse zu achten.

1. Prüfungsstress

Die Geschichte von Jessica

Jessica:

Am frühen Vormittag.

Ich habe mich im Bad eingeschlossen und ihm nicht gesagt, warum. Ratlos sitze ich auf der Toilette und schaue zwischen meinen Oberschenkeln in die Toilettenschüssel. Ein heller Blutfleck ist dort sichtbar. Eigentlich ist das bei einer Frau meines Alters nichts Ungewöhnliches und doch erscheint es mir seltsam.

Ich nehme Toilettenpapier und wische damit ein paar Mal über meine Scheide. Die Blutung ist während der letzten zehn Minuten weniger geworden, aber sie hat immer noch nicht ganz gestoppt. Das beunruhigt mich. Es kann nicht meine Periode sein, denn diese ist die letzten zwei Monate ausgeblieben. Das ist zwar nicht normal, aber ich kenne es. Wenn ich unter Stress stehe, spielt mein Zyklus verrückt. Und Stress habe ich – und zwar nicht zu wenig. Ich stecke mitten in den Vorbereitungen zu meinen Abschlussprüfungen.

Woher kommt das Blut dann?

Gerade eben hatte ich noch Sex mit meinem Freund. Kurz danach hatte er noch einmal sanft mein Gesicht geküsst und mir mein dunkelblondes, halblanges, verschwitztes Haar aus dem Gesicht gestrichen. Wir haben noch ein paar Minuten zusammen im Bett gelegen und miteinander gekuschelt, dann musste ich zur Toilette. Beim Wasserlassen merkte ich schon, dass etwas nicht stimmte. Es brannte fürchterlich, mein Unterleib schien sich plötzlich komplett zu verkrampfen und kurz darauf entdeckte ich die Blutung.

»Alles in Ordnung bei dir, Jess?«, höre ich meinen Freund Florian durch das Schlafzimmer zu mir rufen. Er klingt besorgt. Ich bin schon sehr lange im Bad.

»Ja, alles okay, ich komme gleich wieder,«, antworte ich.

Meine Stimme zittert. Hoffentlich bemerkt er nicht, dass ich kurz davor bin zu weinen.

Ich schaue wieder auf das Blut. Irgendetwas stimmt ganz und gar nicht mit mir. Seit ein paar Wochen habe ich Schmerzen im Becken und fühle mich oft aufgebläht. Zudem habe ich das Gefühl, immer und überall schlafen zu können. Selbst wenn ich nachts gut geschlafen habe, bin ich den gesamten Tag über müde.

Ich atme tief ein und aus und wische noch mal mit Toilettenpapier nach. Da, nun hat die Blutung doch von alleine aufgehört. Ich seufze erleichtert. Dann stehe ich auf und betätige die Toilettenspülung. Nachdem ich mir die Hände gewaschen habe, spritze ich mir kaltes Wasser ins Gesicht. Als ich anschließend in den Spiegel schaue, merke ich, dass ich schrecklich aussehe. Mein Gesicht ist blass und ich habe tiefe, graue Schatten unter den Augen. Außerdem fühle ich mich etwas wackelig auf meinen Beinen, was nach diesem Schockmoment kein Wunder ist.

Ich fasse mir an den Kopf. Mein Haar sieht nicht nur trocken aus, es fühlt sich auch so an. Bei dem Griff nach der Zahnbürste fällt mein Blick auf meine Fingernägel. Sie sind spröde und die oberen Hälften fangen an zu splittern. Vor zwei Monaten strahlte ich noch mehr Vitalität aus.

Warum fällt mir das alles jetzt erst auf?

»Jessica?«, ruft mein Freund abermals.

Ich zucke zusammen. Meine Zähne sind sauber. Gerade versuche ich mit der Bürste mein wirres Haar einigermaßen zu richten. Kurz darauf reißt Florian die Tür auf. Auch er ist blass.

»Jessica! Wo bleibst du denn? Tut dir was weh?«, er kommt direkt auf mich zu und streicht mir fürsorglich übers Gesicht und fasst mir dann an meinen nackten Oberarmen. Wir sind heute und morgen in einem kleinen Hotel, um dort ein romantisches Wochenende zu verbringen. Er hat mir den Trip zu meinem letzten Geburtstag geschenkt.

Florian steht in Boxershorts vor mir. Ich trage eines seiner T-Shirts. Es riecht nach seinem After Shave, männlich, aber nicht zu aufdringlich. Ich will noch etwas sagen, doch er unterbricht mich:

»Das halbe Bettlaken ist mit Blut befleckt. Ist das meine Schuld? War ich zu grob zu dir? Oh mein Gott, wenn ja, dann war das nicht meine Absicht!«, sprudelt es auch ihm heraus.

Ich öffne den Mund, schließe ihn dann aber wieder und zucke stattdessen mit den Schultern. Dann fange ich bitterlich an zu weinen. Mein ganzer Körper wird bald darauf von meinen Schluchzern geschüttelt. Florian schaut mich verzweifelt und überfordert an. Sein schönes Gesicht mit einem Bartansatz und seine schwarzen Locken verschwimmen vor meinen Augen.

»Was ist passiert? War ich das, oder hast du plötzlich deine Tage bekommen?«, versucht er, Licht ins Dunkle zu bringen. »Wenn es so ist, musst du dich doch nicht vor mir dafür schämen. Ich habe dich ja mit diesem romantischen Wochenende zu zweit vor ein paar Tagen doch sehr überrascht. Außerdem«, er lächelt kurz, »du weißt doch, dass ich mit drei Schwestern aufgewachsen bin.«

Ich schüttle den Kopf. Dann versuche ich mich wieder zu beruhigen. Florian nimmt mich sachte an einer Hand und führt mich zum Bett.

Mein Freund hat das Laken abgezogen und seitlich neben seiner Bettseite auf dem Bode verschwinden lassen, ich kann es jedenfalls nicht mehr sehen. Ich ziehe die Nase hoch, noch ein paar Schluchzer entweichen mir. Dann schaffe ich es, wieder einigermaßen ruhig zu atmen.

Neben meiner Bettseite steht eine Kosmetikbox. Florian reicht mir ein Taschentuch. Dankbar versuche ich, ein kleines Lächeln zu erwidern, doch es misslingt.

Mein Freund schaut mich prüfend an.

»Geht es wieder?«, fragt er nach ein paar Minuten. Dabei schaut er mich aber weiterhin beunruhigt von der Seite an.

Ich nicke, seufze einmal auf.

»Jess? Tat dir der Sex weh? Ich habe das Gefühl, dass ich da was bei dir verletzt habe, bei dem ganzen Blut auf dem Laken. Das ist für mich die einzige Erklärung, wenn du nicht deine Periode hast. Blutest du noch?«, erkundigt er sich bei mir.

Florian sorgt sich sehr um mich, das höre ich an seiner Stimme. Gleichzeitig ist ihm das Ganze unangenehm. Wir sind erst seit Kurzem ein Paar.

»Nein«, erwidere ich leise. »Der Sex war schön gewesen. Es hat sich zwar etwas anders angefühlt als sonst, aber nicht schlecht oder so. Ich kann das nicht beschreiben ...« Ich halte inne. Irgendwie schäme ich mich vor ihm.

Und wenn es doch meine Periode ist? Ich habe diese schon ewig nicht mehr in den Kalender eingetragen und dementsprechend keinen Überblick mehr, wann sie normalerweise einsetzen sollten. Ich verhüte nicht mit der Pille, da ich keine hormonellen Verhütungsmittel möchte. Das habe ich Florian gegenüber direkt offen thematisiert, als wir uns das erste Mal näher kamen. Er meinte, das wäre in Ordnung für ihn und wir beschlossen, Kondomen zu benutzen. Da wir beide noch mitten in unseren Ausbildungen stecken und erst kurz zusammen sind, ist Familienplanung noch kein Thema für uns. Hoffentlich ist dabei nichts passiert. Bitte lass mich nicht schwanger sein!

Florian hat die Stirn in Falten gelegt.

»Aber irgendeinen Grund muss das Ganze doch haben?«, überlegt er laut.

Ich fange an zu zittern. Mein Freund bemerkt es, dreht sich zur Seite und legt mir fürsorglich eine der Bettdecken über die Schultern. Mir ist trotzdem kalt und ich fange nun auch an, mit den Zähnen zu klappern.

»Okay, pass auf: Wärme du dich am besten mit einer heißen Dusche auf. Ich werde unsere Sachen in der Zeit zusammenpacken. Hunger auf Frühstück hast du wahrscheinlich eher nicht?«, er schaut mich fragend an.

Ich kann nicht antworten, Übelkeit steigt in mir auf. Ich atme ein paar Mal tief durch, um diese zu vertreiben. Dann schüttle ich den Kopf.

Wir schweigen eine Weile. Mein Freund nimmt mich in den Arm, ich lasse es geschehen. Ich kann über seine Schultern zum Fenster sehen. Wir haben die Vorhänge vor dem Zubettgehen zugezogen. Nun blinzelt die Sonne durch einen Spalt zu uns herein. In dem Raum unter uns hört man Geschirr klappern und wie sich das Personal unterhält. Im Nebenzimmer weint ein Kleinkind. Es lässt sich aber bald darauf von seiner Mutter beruhigen. Irgendwo betätigt jemand die Toilettenspülung. Jemand föhnt sich die Haare. In einer Entfernung hören wir, wie sich der Zimmerservice mit einem Klopfen an einer Tür bemerkbar macht.

»Wie spät ist es?«, frage ich nach einer Weile und schiebe mich sachte ein Stück von meinem Freund weg.

»Mein Handy zeigte halb acht an. Um neun sollen wir auschecken, wurde mir gestern gesagt. Wollen wir davor noch essen, oder eher nicht?«, versucht er es noch mal und schaut mich dabei sorgenvoll an.

Ich schüttle abermals den Kopf.

»Verstehe«, sagt er. »Wir können uns ja auch unterwegs etwas besorgen.«

Er machte eine Pause, bevor er ergänzte: »Tust du mir nur einen Gefallen? Gehe morgen bitte direkt zu deiner Frauenärztin. Und meld dich, sobald du was Genaueres weißt. Ich habe zwar eine wichtige Besprechung, trotzdem werde ich in Gedanken bei dir sein und bin beruhigter, wenn ich weiß, dass es dir gut geht.«

Während er das alles sagt, dreht er mich um und schiebt mich sanft Richtung Bad. Er stellt sogar schon die Dusche für mich an.

»Falls es dir noch mal schlechter geht, ruf mich bitte, ja?«, er streicht mir ein paar Haarsträhnen aus dem Gesicht.

»Ja, mache ich. Danke Flo, was täte ich bloß jetzt ohne dich«, bedanke ich mich bei ihm.

»Ach Jessica, ich liebe dich. Vielleicht ist es ja gar nicht so schlimm, wie es gerade scheint. Alles wird gut. Und klar bin ich, soweit ich kann, für dich da mein Schatz.«

Dann verlässt er das Badezimmer und lässt mich alleine.

Mir ist nun wirklich nun sehr kalt, schnell streife ich mir sein T-Shirt vom Körper und lasse es auf den Boden gleiten.

Zwei Minuten später spüre ich den warmen Wasserstrahl auf meiner Haut. Ich seufze. Flo hat die Badezimmertür einen Spalt breit offen stehen gelassen. Ich greife nach meinem Shampoo und seife damit meine Haare ein. Vielleicht war ja auch alles nur ein schlechter Traum gewesen? Ich war noch nie wirklich krank in meinem Leben. Ich wasche das Shampoo aus meinen Haaren und seife dann meinen Körper mit Duschgel ein. Ja, vielleicht ... Ich schaue, wie der Schaum nach und nach in den Abfluss läuft. Der Anblick beruhigt mich, doch dann erkenne ich plötzlich etwas Rotes. Entsetzt erkenne ich, wie sich zwischen dem Schaum ein dünnes Blutrinnsal zwischen meinen Füßen bildet.

»Oh nein ...«, flüstere ich und halte mir eine Hand vor den Mund.

Neue Tränen steigen in mir auf und laufen über mein Gesicht.

Ich höre, wie Florian in Schuhen durch das Zimmer läuft, unsere Sachen zusammen sucht und in den Koffern verstaut. Ich will ihn nicht noch mehr beunruhigen und rufe deshalb nicht nach ihm.

Für einen Moment schließe ich die Augen. Die Dusche fühlt sich nicht mehr so angenehm an wie zuvor. Das Wasser wird kälter, doch ich ändere nichts daran. Ich spüre, wie ich am ganzen Körper eine Gänsehaut bekomme. Trotzdem verharre ich eine Weile unter dem Wasserstrahl. Dann öffne ich meine Augen wieder. Vorsichtig schaue ich zwischen meine Füße, wo ich zuvor das Blut entdeckt hatte. Das

Wasser ist klar. Noch einmal stelle ich das Wasser wärmer und versuche kurz, an nichts zu denken.

»Bist du fertig?«, höre ich Florian fragen.

»Ja«, rufe ich ihm zu und steige aus der Dusche, greife nach meinem Bademantel und trockne mich grob damit ab. Dann drehe ich mich um und ringe mein Haar über dem Duschbecken aus. Ich zittere nicht mehr und hoffe, dass Florian mit seiner Vermutung recht behält, dass die Blutung eine harmlose Ursache hat.

Vielleicht hat er mich auch beim Sex nur unglücklich erwischt. Zum Glück hat die Blutung inzwischen aufgehört. Bestimmt ist jetzt alles gut.

Ungefähr eine halbe Stunde später befinden wir uns auf dem Heimweg.

Am nächsten Tag am späten Vormittag. In der Frauenarztpraxis.

»Sie können sich wieder anziehen. Die Ergebnisse vom PAP-Abstrich bekomme ich in den nächsten Tagen. Sobald ich sie erhalten habe, melde ich mich bei Ihnen«, teilt mir meine Frauenärztin mit.

Ich nicke und ziehe mich bei meiner Frauenärztin hinter dem Paravent an. Ich befinde mich im Behandlungsraum der Gynäkologenpraxis. Meine Hände zittern dabei.

»Wie alt sind sie jetzt?«, fragt mich die Frau mittleren Alters. Sie ist etwas kleiner als ich und allgemein etwas rundlicher. Auf ihrem Schreibtisch steht ein

Foto, auf dem drei lachende Kindern abgebildet sind. Das Gesicht der Ärztin wird von einem Pagenschnitt, der im Nacken leicht angestuft ist, umrundet.

»Ich bin 21«, sage ich etwas verwundert. Sie müsste mein Alter ja aus meinen Akten kennen. Als sie weiter spricht, wird mir jedoch klar, dass sie mich ablenken will.

»21 ... Ja, stimmt. Sie erzählten von starken Blutungen nach dem letzten Geschlechtsverkehr?«, hakt sie weiter nach.

Ich bin nun wieder angezogen und nehme auf dem Stuhl, der vor ihrem Schreibtisch steht, Platz. Dann nicke ich.

»Wann war ihre letzte Periode?«

Ich senke den Kopf und berichte, dass diese schon zwei Monate zurückliegt.

Die Ärztin schaut mich eine Weile schweigend an. Dann notiert sie sich etwas.

Was kann ich von meiner Position aus nicht lesen.

»Aber eine Schwangerschaft können Sie ausschließen?«, fragt sie.

Ich schaue sie mit großen Augen an.

Ist das ihr Ernst? Ich stecke doch noch mitten in der Ausbildung!

»Ja, auf jeden Fall!«, sage ich mit plötzlich rauer Stimme.

Sie nickt.

»Ich muss die Ergebnisse noch abwarten, um Genaueres sagen zu können. Wie ich Ihren Unterlagen entnehme, sind Sie nicht gegen das HPV-Virus geimpft. Ich werde das Labor beauftragen, Sie dahingehend zu testen.«

Mir wird etwas übel.

»Was heißt das genau? Meine Eltern hielten es damals nicht für nötig, mich impfen zu lassen beziehungsweise sie hatten noch zu große Angst vor möglichen Nebenwirkungen, da der Impfstoff damals noch sehr neu war«, überlege ich laut.

Die Ärztin schaut mich eingehend an, dann nickt sie und lächelt sanft.

»Das ist richtig und ich kann Ihre Eltern da voll und ganz verstehen. Sie wollten bestimmt nur das Beste für Sie. Lassen Sie uns alles weitere besprechen, wenn wir die Ergebnisse haben. Und falls es Ihnen bis dahin noch mal schlechter gehen sollte, kommen Sie auf jeden Fall vorher zu mir.«

Die Ärztin steht von ihrem Schreibtischstuhl auf und begleitet mich fürsorglich am Arm in Richtung Tür. Bevor sie sich von mir verabschiedet, lächelt sie mir noch einmal aufmunternd zu.

Ich laufe einmal quer durch die ganze Stadt, ohne ein Ziel vor Augen zu haben. Die Übelkeit wird stärker. Irgendwann vibriert mein Handy in meiner Tasche. Ich ziehe es heraus und bleibe mitten in der Fußgängerzone stehen. Ein paar Leute reagieren gereizt, andere laufen einfach um mich herum. Florian ruft an. *Soll ich es ihm sagen? Ja, aber was genau, soll ich ihm erzählen?*

Meine Hand zittert, ich muss aufpassen, dass das Telefon nicht zu Boden fällt. Ich seufze und lasse das

Handy wieder in meine große Umhängetasche gleiten. Tränen laufen über meine Wangen. Ich fange wieder an, ziellos weiterzulaufen, bis irgendwann meine Füße anfangen zu schmerzen.

Müde lasse ich mich auf der nächsten Bank unter einem Kastanienbaum sinken. Ich versuche nachzudenken, aber in meinem Kopf schwirren zu viele Gedanken umher.

HPV Virus. Vielleicht Krebs. Meine Freundinnen wurden damals geimpft. In einem Flyer im Warteraum hatte ich vor ein paar Jahren davon gelesen, dass die Impfung gegen Gebärmutterhalskrebs schützen soll.

Wird mir nun die Besorgnis meiner Eltern zum Verhängnis? Bin ich nicht noch zu jung, um an Krebs zu erkranken? Und was ist, wenn ich im Anschluss keine Kinder mehr bekommen kann?

Die Impfung war damals wohl noch nicht hundertprozentig erprobt, meinte meine Mutter gehört zu haben. Ein paar Mädchen seien sogar daran gestorben.

Florian lässt nicht locker. Er versucht, noch ein paar Mal mich zu erreichen. Dann höre ich den Signalton, dass ich eine Whatsapp erhalten habe. Ich ziehe mein Handy hervor und lese:

Florian: Hey Jess, alles okay bei dir? Bitte melde dich kurz. Ich mache mir Sorgen um dich.

Ich weiß nicht, was ich ihm antworten soll. Im gleichen Moment spüre ich die ersten Regentropfen auf meiner Nase.

Der sanfte Nieselregen geht bald darauf in einen starken Schauer über. Ich habe keine Regenjacke dabei.

Ungefähr eine halbe Stunde später stehe ich am Bahnhof, nass bis auf die Haut und warte zitternd auf die U-Bahn, die mich nach Hause bringen soll.

Eine Woche später.

Ich bin bei der Arbeit, als mich der Anruf der Ärztin erreicht. Durch Zufall schaue ich ein paar Stunden später auf mein Handy und rufe unverzüglich zurück. Die Sprechstundenhilfe leitet mich direkt weiter.

»Bitte kommen Sie umgehend in meine Praxis«, sagt die Ärztin. »Mein Verdacht hat sich bestätigt. Ich muss Sie an einen Kollegen überweisen. Sie haben HPV-Virus und PAP3D. Das heißt: Ihr Gewebe ist stark verändert. Eine harmlose Infektion können wir ausschließen. Um herauszufinden, wie weit der Krebs schon fortgeschritten ist, werden wir Ihnen bei einer Kolposkopie Gewebeproben entnehmen. Ich werde, wenn Sie das möchten, in der gynäkologischen Abteilung schnellstmöglich einen Termin für Sie ausmachen. Die Untersuchung ist nicht schmerzhaft, aber dringend nötig. Nach der Untersuchung wird man dort das weitere Vorgehen mit Ihnen besprechen. Ich weiß, das hört sich gerade sehr hart an, aber sie sind jung. Ich schätze Ihre Chancen, dass Sie komplett genesen, gut ein ...«

Die Ärztin spricht beruhigend weiter auf mich ein, doch der Rest kommt nicht mehr bei mir an. Ich murmle etwas in den Hörer und lasse das Telefon sinken. Ich stehe im Pausenraum, allein.

Im Augenwinkel sehe ich, wie mein Kollege an der angelehnten Tür vorbei geht, dann wird mir schwarz vor Augen.

Ungefähr zwanzig Minuten später.

»Soll ich dich begleiten? Oder jemand für dich anrufen?«, fragt mein Kollege mitfühlend. Er hat mir wieder auf die Beine geholfen und ein Glas Wasser gebracht. Meine Chefin kam hinzu. Unter Tränen habe ich den beiden von meiner Diagnose berichtet. Meine Chefin hat mich sofort von meiner Arbeit freigestellt und mein Kollege hat mir angeboten, mich umgehend zu meiner Ärztin zu fahren. Dankend habe ich eingewilligt.

»Danke, ab hier schaffe ich es alleine. Mein Freund hat sich eben gemeldet. Ich habe ihm grob geschrieben, was passiert ist und wo ich bin. Er wird, sobald er kann, hier sein.«

Mein Kollege nickt.

»Das ist gut. Schön, dass er dir beisteht. Das hört sich alles echt nicht einfach an, aber ich drücke dir die Daumen, dass es weniger schlimm ist, als es sich jetzt anhört«, versucht mich mein Kollege aufzumuntern, bevor ich aus seinem Wagen steige.

»Danke«, flüstere ich und lasse die Tür hinter mir zufallen.

Der Aufzug muss vier Stockwerke in die Höhe fahren. Es kommt mir unendlich lange vor. Mein Mund ist trocken und meine Beine fühlen sich schwach an. Ich balle meine Hände zu Fäusten, um Kraft für das zu sammeln, was in nächste Zeit noch auf mich zukommen wird.

Vor der Tür der Praxis halte ich noch einen Moment inne. Ich gehe zu dieser Ärztin, seit ich meine erste Periode bekommen habe. Meine Mutter und meine Schwester gehen auch zu ihr. *Mama*, schießt es mir durch den Kopf.

Was wird sie wohl dazu sagen? Ich möchte nicht, dass sie sich zu sehr sorgt. Und beschließe ihr, sobald ich Genaueres weiß, davon zu erzählen.

Zwei Wochen später. Kurz vor der Operation.

Die Ergebnisse der Kolposkopie und die anschließenden Biopsien haben ergeben, dass ich eine CIN III habe. Das ist die genaue Einstufung der Gewebeveränderung anhand von Biopsien. Der Facharzt vermutet einen Tumor. Ob gut oder bösartig, kann er erst nach der OP sagen. Aber er ist behandelbar, das kann er schon sagen. Ich bin froh, dass er so ehrlich zu mir ist.

Es ist Montag. In etwa einer halben Stunde soll ich nach Aussage der Schwester operiert werden. Die OP, so hat mir der Chirurg erklärt, ist Diagnostik und Therapie in einem. Florian sitzt neben mir und versucht sich seine Aufregung nicht anmerken zu lassen. Er lächelt mir aufmunternd zu, doch ich spüre, dass seine Hand in meiner zittert. Wir sagen beide kein Wort. Ich

liege angespannt auf der Bettdecke des Krankenhausbettes. Den OP-Kittel und die Thrombose-
strümpfe, die mir vor einer Stunde übergeben wurden,
habe ich bereits an. Mein Freund hat mir das Hemd im
Nacken zugeschnürt. Beschämt hatte ich mir dabei
den Kittel an meinem Gesäß zugehalten.

Ich fühle mich auf einmal so hilflos wie ein kleines Kind.

Draußen schlägt eine Turmuhr. Der erste Schnee
kündigt sich mit ein paar leichten Flocken an. Jetzt
sind es nur noch fünfzehn Minuten.

»Sollen wir zur Ablenkung fernsehen?«, unterbricht
Florian unser Schweigen.

Ich möchte nicht und verneine.

Florian zuckt mit den Schultern. Für einen Moment
schließe ich die Augen, ich will nur kurz ein bisschen
dösen, da klopft es an der Tür und kurz darauf erscheint die Schwester, welche mich vorhin in Empfang
genommen hat.

»Sind Sie soweit?«, fragt sie und lächelt dabei sanft.
»Wollen Sie ein Beruhigungsmittel haben?«

»Ja bitte.«

Die Schwester nickt, sie hat eine Schale bei sich und
legt mir geübt einen Zugang. Ein paar Minuten später
spüre ich, wie mir ein Medikament durch die Adern
strömt. Es zeigt zügig seine Wirkung und ich spüre,
wie ich mich innerlich entspanne.

Wieder klopft jemand an die Tür. Eine weitere
Schwester erscheint im Zimmer und lächelt mir zu. Sie
wirft der anderen einen Blick zu, dann löst die erste
Schwester die Bremse des Krankenhausbettes.

Gemeinsam schieben beide geübt das Bett mit mir durch die Tür.

»Ich glaube, ich warte lieber hier«, sagt Florian zögernd.

Die Schwestern nicken ihm freundlich zu. Verloren bleibt er in dem nun halb leeren Zimmer zurück.

Ich will nach ihm rufen, doch die Worte scheinen in meinem Hals stecken zu bleiben. Auch nachdem ich ihn schon eine Weile nicht mehr sehe, habe ich seinen besorgten Blick vor Augen.

Habe ich da Tränen in seinem Blick gesehen?

Meiner Mutter habe ich immer noch nicht Bescheid gesagt. Mein Vater ist vor ein paar Jahren an einem Herzinfarkt gestorben. Ich möchte nicht, dass sie sich zu große Sorgen um mich macht. Zudem ist sie gerade in ihrem ersten Urlaub seit Jahren. Und trotzdem vermisse ich sie in diesem Moment gerade sehr. Ich bleibe bei meinem Entschluss, ihr erst davon zu berichten, wenn ich alles hinter mir habe.

Ich weiß nicht, wie lange es dauert, aber es erscheint mir ewig, bis wir im Operationssaal ankommen. Das OP-Team stellt sich bei mir vor. Sie lächeln mich mit ihren Augen an. Das ist beruhigend, da der Mundschutz den Rest ihrer Mimik verdeckt. Der Anästhesist streicht mir über den Arm und gibt mir in dem Moment Bescheid, als er die Narkose einleitet. Kurz darauf versinke ich in einem traumlosen Schlaf.

Und wenn ich aufwache, dann ist alles wieder wie vorher, ist das Letzte, was ich denke.

Nach der Operation und auch in den folgenden zwei Wochen habe ich Schmerzen. Meine Periode kommt mir in der ersten Zeit besonders stark vor und bereitet mir mehr Beschwerden, als ich es sonst gewohnt war. Laut den Ärzten ist das nach solch einem Eingriff normal. Als es mir besser geht, gehe ich wieder arbeiten und treffe mich auch Mal mit Freundinnen.

Für alle anderen geht das Leben normal weiter. Ich hingegen lebe von einer Nachuntersuchung zur nächsten, fühle mich wie in einer großen Blase. Alle drei Monate bestellt mich meine Ärztin ein. Jedes Mal ist mir dabei schlecht, ich schließe die Augen, wenn sie den Abstrich nimmt und versuche, an was anderes zu denken.

Es dauert, aber eines Morgens wache ich auf und fühle mich langsam wieder normal. Ich treffe mich mit einer Freundin, wir gehen ins Kino und es läuft eine Komödie. Ich bin selbst erstaunt, als ich das erste Mal wieder laut lache. Ich wusste schon gar nicht mehr, wie sich mein eigens Lachen anhört. Die letzten Monate hatte ich kaum gegessen, ich hatte die Lust daran verloren. Nun genieße ich das süße Popcorn in meinem Mund besonders.

Sechs Monate später. In der Frauenarztpraxis.

»Das sieht gut aus! Wir können sehr zufrieden sein, alles ist gut verheilt. Und der Chirurg hat ja auch gesagt, dass alles gut verlaufen ist. Auch einem späteren Kinderwunsch steht nichts im Wege. Der letzte

PAP-Abstrich war wie die Vorherigen ohne Befund. Trotzdem möchte ich Sie weiterhin alle drei Monate hier sehen. Nur um auf Nummer sicherzugehen«, sagt meine Ärztin lächelnd.

Ich lächle zurück. Die letzten paar Monate erschienen mir zunächst wie ein Albtraum. Doch dann war alles so schnell gegangen. Die Kolposkopie, die OP ...

Die Diagnose zwei Tage nach der OP war noch mal erschreckend gewesen. Es hatte sich um einen drei Zentimeter großen mikroinvasiven Tumor gehandelt. Eine bösartige Gewebeveränderung. Aber die Entnahme war nach Aussage der Ärzte im Krankenhaus ohne Probleme verlaufen. Und der Tumor hatte auch nicht gestreut, somit war eine anschließende Chemo nicht nötig.

Strahlend verlasse ich die Arztpraxis. Ich tippe vor dem Gebäude eine Nachricht an meinen Freund ins Handy. Ich schreibe, dass alles in Ordnung ist und sende die Mitteilung ab. Florian war während der gesamten Behandlung an meiner Seite. Und auch die zwei Wochen, die ich danach zu Hause war, hat er sich sehr liebevoll um mich gekümmert. Aber irgendwann war es mir auch wichtig gewesen, dass er seinen eigenen Alltag nicht vergaß.

Wir werden später zusammen etwas Essen gehen, darauf freue ich mich schon sehr. Aber vorher habe ich noch etwas anderes geplant.

Ungefähr eine Stunde später. In einer Eisdiele.

Das Café, indem ich mich mit meiner Mutter verabredet habe, ist gut besucht. Hier gibt es das beste Spaghettieis in der Umgebung. Schon als Kind bin ich hier mit meiner Mutter und meiner Schwester gerne hingegangen. Meine Schwester muss arbeiten. Meine Mutter sitzt an einem Tisch am Fenster und ist in ein Buch vertieft. *Ich hatte meine Prüfungen und viel Arbeit vorgeschoben, dass ich so lange keine Zeit für sie hatte.*

Langsam gehe ich auf sie zu und tippe sie an der Schulter an. Meine Mutter hebt den Kopf und strahlt mich an, dann steht sie schnell auf und drückt mich fest.

»Jessica! Da bist du ja, Mensch haben wir uns lange nicht gesehen. Ich habe dich vermisst, mein Schatz«, sagt sie. »Gut siehst du aus, du strahlst so!«

»Danke, ich habe dich auch vermisst, Mama. Sehr sogar«, erwidere ich und lege dankbar mein Kinn auf ihrer Schulter ab. So verweilen wir eine Weile, bis uns bewusst wird, dass uns die Leute um uns herum beobachten. Ich räuspere mich und lache kurz auf. Meine Mutter gluckst und wir lösen fast zeitgleich die Umarmung. Dann setzen wir uns auf die Bistrostühle.

»Erzähl mal mein Schatz, wie ist es dir die letzten Monate ergangen?«

Ich schaue meiner Mutter fest in die Augen, dann hole ich Luft und beginne zu erzählen.

2. Die Menopause

Die Geschichte von Sandra

Sandra:

Am späten Nachmittag.

»Mama, warum sitzt du im Dunkeln?«, reißt mich meine Tochter Ina aus den Gedanken.

»Ina, du bist schon da? Dich habe ich ja noch gar nicht erwartet«, sage ich zu meinem Kind, welches vor Kurzem seinen 30. Geburtstag gefeiert hat. Aber egal wie alt sie ist, sie ist und bleibt immer mein kleines Mädchen.

Jetzt, wo sie es sagt, fällt auch mir auf, wie duster es um mich herum geworden ist.

Ist es doch schon so spät?

Ich sitze in meinem Arbeitszimmer und kann kaum die Hand vor Augen erkennen. Nur durch den Flur fällt das Licht zu mir herein.

Ina tritt in den Raum und betätigt den Lichtschalter. Ich kneife die Augen zusammen, brauche etwas, bis ich mich an die plötzliche Helligkeit gewöhnt habe.

Meine Tochter steht nun vor mir und schaut mich besorgt an.

»Mama, ist alles in Ordnung bei dir? Du siehst irgendwie so anders aus als sonst.«

»Wie denn anders?«, hake ich nach.

»Na, ich kann das nicht so recht beschreiben, aber anders. Erschöpft auf jeden Fall.«

Meine Tochter ist vor ein paar Monaten von zu Hause ausgezogen. Sie lebt mit einer Freundin in einer WG. Es ist das erste Mal, das sie seitdem zu Besuch kommt.

Ina beugt sich zu mir hinab und legt eine Hand auf meine Stirn, schüttelt dann den Kopf. Dann fühlt sie meinen Puls. Ich lächle sanft. Ich bin so stolz, dass sie es geschafft hat, für ein Medizinstudium angenommen zu werden. Seit ein paar Monaten ist sie eifrig dafür am Lernen.

»Dein Puls ist ziemlich flach. Geht es dir nicht gut? Hast du Schmerzen?«

»Ina, nein, mein Schatz«, sage ich und erhebe mich langsam, doch dann spüre ich, dass mir schwindelig wird und lasse mich langsam wieder in den Bürostuhl sinken.

»Ist dir schlecht?«, fragt meine Tochter besorgt.

»Mir war gerade nur etwas schwummerig, mein Kind. Ich vermute schon seit ein paar Wochen, dass sich bei mir die Wechseljahre bemerkbar machen.«

Ina kniet sich vor mir nieder und schaut mir tief in die Augen.

»Meinst du, das ist es?«, hakt sie nach. »Du fühlst dich kaltschweißig an. Hat man da als Frau nicht eher Hitzewallungen? Aber Gynäkologie ist ja nicht mein Fachgebiet. Vielleicht solltest du Mal zu deinem Arzt gehen. Wann war deine letzte Vorsorgeuntersuchung?«, sprudelt es aus ihr heraus.

Ach, mein Mädchen. Sie ist meine einzige Tochter. Wir haben uns immer zwei Kinder gewünscht, aber es sollte wohl einfach nicht sein. Dafür war und bleibt unsere Ina für uns unser Goldstück.

Ich lenke meine Gedanken wieder in die Gegenwart.

Ich lege die Stirn in Falten und denke nach. Normalerweise trage ich Termine immer in meinen Kalender ein. Suchend schaue ich mich auf meinem Schreibtisch um. Ich kneife die Augen zusammen und frage: »Hast du meine Brille gesehen, Schatz?«

»Auf deinen Haaren«, sagt meine Tochter und grinst mich an.

»Mensch, ich scheine mit 50 Jahren schon senil zu werden«, lache ich auf.

Ina lacht nicht über meinen Witz. Sie hilft mir weiter beim Suchen. Ein paar Minuten später haben wir das Filofax gefunden. Ich blättere den Kalender durch.

»Seltsam, ich bin mir sicher, dass ich in diesem Jahr schon da war«, nuschle ich unsicher vor mich hin. Wir haben Sommer.

»Und wann war dein letzter Termin bei der Vorsorge?« Ina klingt schon wie eine richtige Ärztin, auch wenn sie noch ein paar Jahre braucht, bis sie ihren Abschluss machen wird.

Ich zucke mit den Schultern. »Ich weiß es nicht«, gestehe ich. Dann rede ich weiter:

»Du weißt ja, in unserer Firma war während der letzten zwei Jahre sehr viel los gewesen. Viele meiner

Kolleginnen sind gegangen und alles wurde auf ein komplett neues System umgestellt, mit dem wir teilweise heute noch nicht zurechtkommen. Nicht mal mein Chef versteht alles.«

»Ach Mama.« Meine Tochter streicht mir über die Wange. »So kenne ich dich gar nicht. Du hast doch noch nie Termine vergessen. Du bist immer der lebende Kalender unserer ganzen Familie gewesen. Aber wenn es im Moment so stressig bei dir ist ...«, überlegt sie weiter.

»Es kann ja echt sein, dass bei dir die Menopause bevorsteht, aber lass das bitte bei deinem Arzt abklären, – nur um auf Nummer sicherzugehen. Versprichst du mir das?«

»Ja, mein Kind, natürlich mache ich das.«, beruhige ich meine Tochter.

Es sind bestimmt nur die Wechseljahre. Es ist offiziell, – ich werde alt. Aber da muss ich wohl durch.

Ich atme tief durch, fasse mir selber noch mal an die Stirn, schüttle aber dann den Kopf und lächle meine Tochter sanft an.

Ich habe ein gutes Körpergefühl, ich hätte längst gemerkt, wenn mit mir etwas nicht stimmen würde. Und krank war ich schon seit Jahren nicht mehr. Das könnte ich in einem turbulenten Job auch nicht gebrauchen. Ohne mich wäre mein Chef verloren, so meint er oft.

Das Schwindelgefühl lässt langsam nach. Zwischen meiner Tochter und mir entsteht eine Pause. Ich spüre weiter ihren besorgten Blick auf mir. Ich räuspere mich und unterbreche die Stille. »Hast du Hunger? So langsam müsste es doch schon Zeit fürs Abendbrot sein.«

Ina lächelt wieder leicht.

»Ich könnte langsam etwas vertragen. Was gibt es denn Leckeres?«, geht sie auf den Themenwechsel ein.

Erleichtert atme ich auf und antworte: »Die Gulaschsuppe von gestern. Meine Oma hat früher gesagt: Je öfter man diese aufwärmt, desto besser schmeckt sie.«

»Deine Gulaschsuppe ist die Beste. Du musst mir irgendwann das Rezept geben«, seufzt meine Tochter und reibt sich dabei über den Bauch.

Froh, dass das Thema nicht mehr auf mir liegt, bitte ich sie:»Geh doch schon mal runter und decke den Tisch. Dein Vater müsste auch jeden Moment nach Hause kommen. Er ist noch eine Runde joggen. Ich wollte eigentlich nur kurz etwas mit der Nähmaschine ausbessern, aber ich bin die letzte Zeit so müde vom Stress, dass ich dabei wohl in Tagträumen versunken bin.«

Ina steht auf, bleibt jedoch noch mal zögernd im Türrahmen stehen.

»Und du denkst wirklich morgen früh direkt daran, in der Praxis anzurufen, um einen Termin zu vereinbaren?«

»Aber natürlich mein Schatz, ich habe es dir doch versprochen. Ich gehe aber stark davon aus, dass ich mit meiner Vermutung richtig liege, ich werde einfach eine alte Schachtel.«

Ich lache, Ina fällt mit ein. Dann dreht sie sich um und folgt der Treppe ins Erdgeschoß.

Erleichtert atme ich aus. Für einen Moment schließe ich die Augen. Der Schwindel flammt für einen kurzen Moment wieder auf.

Meine Mutter hat nie über ihre Wechseljahre gesprochen, genauso wie meine Großmutter. Über so etwas sprach man in unserer Familie nicht. Die Wehwehchen kamen und gingen irgendwann. Fühlt sich die Hormonumstellung wirklich so an? Wann hatte ich eigentlich meine letzte Periode?

Ich öffne die Augen und greife wieder nach meinem Kalender. Nervös blättere ich durch die letzten Wochen und Monate. Erst finde ich keine Einträge, doch dann entdecke ich einen! Vor gut acht Monaten war meine letzte Regelblutung.

War das wirklich so lange her? Oder habe ich einfach vergessen, sie einzutragen?

Mit wackeligen Beinen stehe ich auf und gehe zum Einbauschrank im Flur. Dort bewahre ich meine Monatshygiene auf. Ich stutze. Mehrere unberührte Pakete Binden liegen im mittleren Fach. Das bestätigt, dass ich schon eine ganze Weile nicht mehr meine monatliche Blutung hatte.

War ich wirklich so im Stress, dass mir das nicht aufgefallen ist?

Ich höre meinen Mann vom Erdgeschoss aus rufen: »Sandra, ist alles in Ordnung bei dir? Soll ich die Suppe schon aufwärmen? Wir haben einen Bärenhunger.«

In meinem Büro habe ich keine Uhr an der Wand hängen, auch bin ich kein Freund von Armbanduhren.

Wie viel Zeit ist vergangen, seitdem meine Tochter nach unten gegangen ist?

Ich wische mit meinen Händen übers Gesicht und versuche damit meine Sorgen zur Seite zu schieben.

Von unten höre ich meine Familie halblaut reden. Mir ist klar, dass ich langsam nach unten gehen sollte, um sie nicht noch mehr zu beunruhigen.

»Gleich bin ich bei euch. Ja, macht das ruhig! Ich muss mich noch mal kurz frisch machen«, rufe ich nach unten und hoffe, dass meine Stimme dabei wie immer klingt.

Mit weichen Knien gehe ich ins Badezimmer, welche sich am Ende des Flures befindet. Es müsste dringend renoviert werden. Die Blumen auf den Fliesen aus den 80ern sind längst überholt. Meine Brille schiebe ich mir wieder aufs Haar, dann wasche ich mir das Gesicht und die Handgelenke mit kaltem Wasser ab und merke, wie sich dadurch mein Kreislauf wieder erholt.

Erleichtert seufze ich. Mit einem Handtuch rubble ich mein Gesicht trocken, bis es kribbelt. So, das sollte reichen. Ich schiebe mir meine Brille wieder vor die Augen und schaue in den Spiegel. Durch das Frottieren ist die Haut in meinem Gesicht rosig.

Na also, geht doch!

Trotzdem verstehe ich, was Ina meint. Meine Wangen sind leicht eingefallen und meine Augen spiegeln Erschöpfung wieder. Ich räuspere mich und beschließe, mein Gewicht zu kontrollieren. Durch eine Schilddrüsenunterfunktion habe ich Probleme, mein Gewicht zu halten. Ich nehme schon zu, wenn ich ein Stück Kuchen nur ansehe. Meine Familie meint zwar schon seit Jahren, ich sei nicht dick, aber ich und mein

Hausarzt wissen, dass ich seit geraumer Zeit mit einigen Kilos zu viel zu kämpfen habe.

Ich hole die Körperwaage unter dem Waschbecken hervor, ziehe meine Pantoffeln aus und steige seufzend darauf. Ich rechne damit, dass diese wie üblich 80 kg anzeigt, was bei meiner Körpergröße mindestens zehn Kilo zu viel sind.

Irritiert schaue ich auf die digitale Anzeige. Dann steige ich noch mal herunter und abermals hinauf. Ohne es zu merken, habe ich 6 kg abgenommen. Ich gehe von der Waage und hebe meinen Pullover und mein T-Shirt, welches ich darunter trage, an. Wirklich, mein Bauch war seit Jahren nicht mehr so flach. Eigentlich müsste ich mich darüber freuen, aber in diesem Moment macht es mir eher angst, denn soweit ich weiß, habe ich an meinem Ess- und Trinkverhalten nichts verändert.

Da mich mein Übergewicht oft so deprimierte, habe ich mein Gewicht schon seit einer Ewigkeit nicht mehr kontrolliert.

»Mama, die Suppe wird kalt!«, dringt es von unten zu mir hoch.

Ich zucke zusammen.

Wie lange war ich im Bad? Irgendwie scheine ich heute jegliches Gefühl für Zeit verloren zu haben.

Seufzend räume ich die Waage wieder an ihren Platz.

Was auch immer es ist, es gibt bestimmt eine Erklärung dafür. Morgen früh werde ich direkt bei meinem Arzt anrufen. Kann ja sein, dass diese Symptome auch zur Menopause dazugehören.

Nun wird es endlich Zeit, nach unten zu meiner Familie zu gehen. Ich beschließe, nicht weiter darüber nachzudenken. Zum Glück macht sich in diesem Moment mein Magen mit einem Knurren bemerkbar.

Na also, das ist doch ein gutes Zeichen! Die Gulaschsuppe schmeckt mir auch sehr.

»Ich bin schon fast bei euch!«, sage ich auf dem Weg nach unten.

Mein Mann ist noch leicht verschwitzt vom Sport. Er geht immer erst nach dem Essen duschen, da er sich erst ausschwitzen muss, wie er meint. Zusammen mit Ina sitzt er schon erwartungsvoll vor den dampfenden Tellern am Tisch.

»Na, du brauchst aber auch immer länger im Bad, Oma«, meint er grinsend.

»Du!«, ermahne ich ihn lachend und zwicke ihn in die Seite.

Er lacht ebenfalls. Dann setze ich mich neben Ina und gegenüber von meinem Ehemann an den Tisch.

Die Suppe tut gut und ich vergesse für einen Moment meine Sorgen. Während der Mahlzeit albere ich noch etwas weiter mit meiner Familie rum. Dann räumen wir ab, Peter geht nach oben, um zu duschen, und Ina und ich beschließen noch einen Liebesfilm im Fernsehen anzuschauen. So klingt der Abend für mich und meine Familie ruhig aus.

Ein paar Tage später. In der gynäkologischen Praxis.

Ich sitze in einem Behandlungsraum. Meine Frauen-ärztin nimmt mir gerade Blut ab.

»Das kann natürlich sein, dass sie in die Wechsel-jahre kommen. Ich werde einen Hormonstatus bei Ihnen durchführen. Haben Sie denn Beschwerden wie Hitzewallungen oder eine veränderte Periode?«

»Ja ... also Hitzewallungen nicht direkt. Aber ich fühle mich seit einer gewissen Zeit schwächer als sonst. Und ich habe ein paar Kilo abgenommen. Und ehrlich gesagt, habe ich wohl schon eine ganze Weile nicht mehr meine Periode bekommen«, gestehe ich der Ärztin.

Prüfend schaut mich diese an und tippt einige No-tizen in ihren Computer.

»Ich verstehe, dass Sie das beunruhigt. Da Sie ja schon eine Weile nicht mehr da waren, habe ich eben auch einen Abstrich für die Krebsvorsorge genommen. Dass die Periode schon eine Weile nicht mehr kommt, kann aber mehrere Gründe haben. Wir werden erst mal das mit den Wechseljahren abklären und dann schauen wir weiter. Ist das in Ordnung für Sie? Haben Sie sonst noch irgendwo Schmerzen?«, fragt sie und hält währenddessen mit dem Schreiben inne.

Ich schüttle den Kopf.

»Das ist schon mal gut« , beruhigt mich die Ärztin und stellt weitere Fragen:

»Käme eine Schwangerschaft infrage? Sollen wir noch eine Urinprobe nehmen?«

»Um Himmelswillen, Gott bewahre! Meine Tochter ist vor Kurzem ausgezogen. Es ist seitdem ruhig im Haus, aber noch mal alles von vorne, die schlaflosen Nächte, das Windel wechseln ... Nein, danke, dafür fühle ich mich wirklich zu alt«, meine ich energisch und lache kurz auf.

Meine Ärztin erwidert das Lachen und sagt: »Ach wissen Sie, das Alter spielt bei vielen Frauen heutzutage keine Rolle mehr. Aber ich verstehe Sie. Ich bin auch froh, dass mein Sohn nun erwachsen ist.«

Sie schiebt ihren Bürostuhl nach hinten und steht auf, dann geht sie auf mich zu und reicht mir die Hand. Dabei sagt sie: »Ich melde mich bei Ihnen, sobald die Laborergebnisse da sind. Bis dahin wünsche ich Ihnen eine nicht allzu stressige Zeit.« Sie lächelt dabei.

Ich lächle zurück. Sie ist eine gute Ärztin. Sie hat mich bei zwei Fehlgeburten, die schon einige Jahre zurückliegen und der Geburt meiner Tochter begleitet. Und auch so fühle ich mich bei ihr gut betreut. Auch meine Tochter geht zu ihr, seit sie ihre erste Periode bekommen hat.

Vor der Tür des Praxisgebäudes stoße ich mit jemandem zusammen. Ich will was sagen, doch dann erkenne ich, wer es ist. Meine Tochter schaut mich direkt an und fragt: »Und was hat die Ärztin gesagt? Gehörst du nun zum alten Eisen?«

Daraufhin müssen wir beide lachen. Ich nehme sie in den Arm und drücke sie ganz fest an mich.

»Komm, wenn du schon mal hier bist, lass uns ein wenig Bummeln gehen.«

Ina willigt ein und hakt sich bei mir unter. Entspannt schlendern wir durch die Gassen und verschwenden das erste Mal keinen weiteren Gedanken an meine Gesundheit.

Nachdem wir noch in ein Café eingekehrt sind, trennen sich unsere Wege wieder.

Mit einem Lächeln fahre ich nach Hause und freue mich auf einen entspannten Abend mit meinem Mann. Wir spielen Karten, wie jeden Dienstag. Danach lesen wir nebeneinander im Bett jeder noch ein Buch. Er geht auch weiter fest davon aus, dass ich in die Wechseljahre komme.

Drei Wochen später.

Ich liege im Krankenhaus. Vor zwei Stunden wurde ich operiert. Neben meinem Bett steht ein Ständer mit einer Infusion, die ein Schmerzmittel beinhaltet. Noch immer kann ich das Ganze nicht fassen. Eben war der Chirurg bei mir. Mittels einer Elektroschlinge wurde ein Tumor aus meiner Gebärmutter entfernt. Ob dieser gut- oder bösartig ist, wird die Untersuchung zeigen. In zwei Tagen kommen die Ergebnisse.

Morgen Mittag soll ich schon wieder entlassen werden, wenn ich bis dahin stabil bin. Eigentlich wird die Konisation sogar ambulant durchgeführt. Aber ich hatte Angst vor Komplikationen und habe deswegen um eine stationäre Aufnahme gebeten. Mein Ehemann ist in der Cafeteria und holt uns ein Stück Kuchen. Ich schaue auf mein Smartphone, das auf dem Nachtisch liegt, um die Uhrzeit abzulesen. Es ist später Nachmittag. Ina wollte heute bei mir sein, aber sie hat einen wichtigen Vortrag an der Uni. Sie wollte diesen für mich ausfallen lassen, aber ich habe sie überredet, es nicht zu tun. Ich möchte nicht, dass sie schon m Anfang ihres Studiums etwas vom Lernstoff verpasst.

Es klopft und eine Schwester betritt den Raum. Sie lächelt mir zu.

»Wie geht es Ihnen, brauchen Sie etwas?«, fragt sie fürsorglich.

Ich versuche ihr Lächeln zu erwidern, fühle mich aber noch zu schwach dazu, deshalb schüttle ich den Kopf.

Die Schwester nickt mir zu. »Sie können mich sonst jederzeit rufen«, sagt sie, geht auf mich zu, um zu schauen, ob ich gut an die Notklingel komme.

»Danke«, sage ich mit rauer Stimme.

»Denken Sie daran, ausreichen zu trinken. Haben Sie Wasser?«

Ich nicke. Es klopft abermals und mein Mann kommt herein, in einer Hand hält er ein Päckchen, das mit Bäckerpapier verpackt ist. Er ist blass und mir fällt auf, dass ich nicht die Einzige bin, die in letzter Zeit abgenommen hat.

»Gut, dass Ihr Mann wieder da ist. Wie gesagt: Wenn etwas sein sollte, dann melden Sie sich bitte.«

Ich räuspere mich, überlege, noch was zu sagen, lasse es dann aber. Die Schwester verlässt den Raum.

Mein Mann kommt auf mich zu und stellt den Kuchen auf dem Tisch neben meinem Bett ab.

»Hey ...«, sagt er und beugt sich zu mir hinunter, um mir einen Kuss auf die Stirn zu geben.

»Na ...«, raune ich zurück.

»Wie geht es dir, mein Herzblatt?«, fragt er.

Nach über zwanzig Jahren benutzt er immer noch oft diesen Kosenamen für mich.

»Das Schmerzmittel wirkt zum Glück. Damit ist es einigermaßen erträglich.«

Mein Mann nickt und streicht mir mit einer Hand ein paar verschwitze Strähnen aus dem Gesicht.

»Magst du was essen? Ich habe Bienenstich mitgebracht?«

Ich schüttle den Kopf. »Aber vielleicht später«, sage ich krächzend.

Sechs Monate später im Dezember.

Ich sitze im Wohnzimmer auf der Couch und sortiere Weihnachtsbaumschmuck. In drei Tagen ist Bescherung. Aber dieses Jahr ist alles anders als die Jahre zuvor. Der Tumor war bösartig und trotzdem hatte ich Glück im Unglück. Auf einmal ging alles ganz schnell. Da der Krebs doch weiter vorangeschritten war, als zunächst ersichtlich, wurde eine Hysterektomie vorgenommen. In einer mehrstündigen Operation wurde mir die Gebärmutter entfernt. Solch ein Eingriff ist laut dem Arzt selten der Fall.

Das war ein großer Schock gewesen. Doch der Krebs hatte zum Glück nicht auf die umliegenden Organe gestreut. Somit brauchte ich keine Chemo oder Bestrahlung. Auch meine Eierstöcke konnten erhalten bleiben. Es stellte sich heraus, dass ich noch nicht in den Wechseljahren war. Um nicht direkt in eine extreme Hormonumstellung zu fallen, war es gut, dass meine Eierstöcke nicht entfernt wurden. Trotzdem fühlte ich mich die nächsten Wochen auch innerlich sehr leer.

Mein Mann nahm sich frei und kümmerte sich fast Tag und Nacht um mich. Erst im Krankenhaus und dann nach ein paar Wochen zu Hause. Ina musste sich sehr auf ihr Studium konzentrieren. Sie wollte zwar mehr bei mir sein, aber ich bat sie sich so gut es ging, auf ihre Prüfungen zu konzentrieren. Widerwillig gab sie meinem Wunsch nach.

Seit zwei Monaten sind meine Werte ohne Befund. Und auch die Narbe von meiner großen Operation beginnt langsam flacher und heller zu werden. Ich könnte wieder arbeiten, habe jedoch das Angebot meines Chefs angenommen und mir eine mehrmonatige Auszeit genommen.

Mein Mann und ich wandern viel. Er arbeitet seit ein paar Wochen wieder, trotzdem genießen wir jede freie Zeit, die wir haben, zusammen. Eben haben wir gemeinsam einen Tannenbaum gekauft und mein Mann befestigt diesen gerade im dafür vorgesehenen Ständer. Jemand schließt die Tür auf und bevor sie da ist, höre ich schon ihre helle Stimme rufen: »Hallo? Mama, Papa, seid ihr im Wohnzimmer? Habt ihr etwa schon ohne mich angefangen, den Tannenbaum zu schmücken?«

Ich fange an zu lachen und lasse eine rote Kugel sinken, bei der ich gerade versuche, ein neues Band einzufädeln.

»Ina, das würden wir doch nie tun! Den Baum ohne unseren Sonnenschein zu schmücken, kommt nicht infrage«, antworte ich lachend.

Meine Tochter stürmt zu uns. Sie trägt noch ihre Jacke, Schal und Mütze.

»Erwischt!«, ruft sie neckisch, stürmt auf mich zu und drückt mich ganz fest. Ich lache auf und lasse mich in die Polster der Couch sinken.

»Geht es dir gut, Mama? Bist du jetzt wieder ganz gesund?«, flüstert sie mir ins Ohr, ihre Stimme zittert leicht.

»Ja, mein Schatz. Jetzt wird alles wieder gut«, flüstere ich zurück.

3. Doppeltes Glück

Die Geschichte von Bettina

Bettina:

Mitten in der Nacht.

Ich liege in meinem Bett und kann nicht einschlafen. Es ist zwei Uhr in der früh. Mika war eben wach und wollte trinken. Als ich mich gerade wieder hingelegt habe, bekam ihr Bruder Lars Hunger. Nun schlafen beide wieder in ihrem gemeinsamen Bettchen. Nebeneinander schlafen sie ruhiger, so haben mein Mann und ich bemerkt. Mein Ehemann Daniel atmet tief und ruhig neben mir. Er unterstützt mich, wo er kann, aber ich weiß auch, dass er Schlaf braucht. Er hat nach der Geburt nur einen Monat Elternzeit nehmen können.

Die Babys sind gestern sechs Monate alt geworden. Er hat eine eigene Firma, da kann er sich nicht erlauben, lange auszufallen. Aber das war mir von Anfang an klar.

Zwillingseltern haben eine dreimal höhere Scheidungsrate. Zum Glück habe ich selten Zeit, mir über so etwas Gedanken zu machen. Ich weiß auch nicht, wie ich jetzt darauf komme.

Das Bett der Zwillinge steht neben meiner Bettseite. Ich höre sie im Schlaf ab und zu stöhnen, dann schiele ich zu ihnen rüber, aber es scheint ihnen gut zu gehen und sie schlafen weiter. Ungefähr zwei Stunden, dann dürften sie wieder Hunger bekommen. Ich pumpe meine Milch ab und füttere zu. So habe ich das Gefühl, wenigstens teilweise meine Milch an sie abzugeben. Das möchte ich auch, so lange es geht, weitertun.

Daniel grunzt und dreht sich mit dem Rücken zu mir. Er hat Glück, er kann immer schlafen. Aber den ersten Monat hat er mir die Kleinen wirklich oft abgenommen und war sich auch nicht zu schade, sie zu wickeln, egal welches Geschäft sie gerade gemacht hatten.

Ich schließe die Augen. Die Kleinen schlauchen mich doch sehr, denn auch tagsüber wollen sie meine volle Aufmerksamkeit. Meine Schwester ist ein paar Jahre jünger und hilft mir öfter mal am Nachmittag.

Ich bin, als ich im 8. Monat schwanger war, 38 Jahre alt geworden. Wir haben schon gar nicht mehr damit gerechnet, Eltern zu werden. Und wie ein Wunder hatte es dann doch eines Tages noch geklappt. Doppeltes Glück, wie die Ärztin uns damals lächelnd mitgeteilt hatte. Ich liebe meine Kinder über alles. Und meinen Mann. Aber in letzter Zeit überlege ich, ob ich dem allen auf Dauer gewachsen bin. Ich fühle mich die letzte Zeit sehr erschöpft. Mein Haar ist stumpf und mein Bauch von der Mehrlingsgeburt noch immer sehr überdehnt und verschrumpelt. Aber was will ich auch nach gut einem halben Jahr erwarten?

Ich habe vergessen, ab wann ich mit der Rückbildungsgymnastik beginnen darf. Aber das ist auch egal, denn ich wüsste eh nicht, wo ich die Kleinen während diese Zeit unterbringen sollte. Da muss ich irgendwann noch mal mit meinem Mann reden.

Ich fordere so ungern seine Hilfe ein, da er ja schon allgemein genug zu tun hat. Außerdem hat mir meine Mutter beigebracht, dass man als Frau auch vieles alleine schafft und daran wächst.

Gedanklich schweife ich ab.

Du musst schwere Zeiten aushalten, nicht davor wegrennen. Dann vergehen diese auch besser und schneller, klingen mir ihre Worte in meinen Gedanken nach.

Wir wohnen 400 Kilometer von meinen Eltern entfernt. Vor drei Jahren sind wir aufgrund der Arbeit meines Mannes hierher gezogen. Außer zu einer Nachbarin, die zwei Häuser weiter wohnt, habe ich noch nicht viele Kontakte geknüpft. Und auch dafür habe ich fast zwei Jahre gebraucht, da ich ein sehr zurückhaltender Mensch bin. Mit meinen ehemaligen Freundinnen schreibe ich ab und zu über Whatsapp, lange Telefonate sind wegen der Kinder eher schwierig. Aber das ist auch irgendwie nicht dasselbe.

Meine Gedanken fokussieren sich wieder in die Gegenwart.

Nach einer Weile stehe ich auf, weil ich auf die Toilette muss. In letzter Zeit ist mein Harndrang sehr groß, fast noch stärker als während der Schwangerschaft. Auch fühle ich mich oft aufgebläht und allgemein müde. Als ich es bei meiner Hebamme erwähnte, meinte sie, das wäre normal und ich bräuchte einfach Geduld gegenüber mir und meinem Körper.

Ich betätige die Toilettenspülung und ziehe meine ausgeleierte Schlafanzughose nach oben. Ich trage noch immer häufig meine Umstandsklamotten, sie sind einfach am bequemsten.

Als ich aufstehe, wird mir etwas schummrig. Kein Wunder, so oft, wie ich in den Nächten hin und her laufe. Mit wackeligen Knien gehe ich zum Waschbecken. Bevor ich schwanger wurde, war ich sehr sportlich. Ich bin jeden Tag laufen gegangen. Das war mein Ausgleich zum langen Stehen im Bekleidungsgeschäft, in dem ich bis dahin acht, öfter auch mal zwölf Stunden täglich gearbeitet hatte. Nach der Elternzeit werde ich mir aber eine neue Stelle suchen, bei der ich weniger arbeiten muss. Wie soll das sonst machbar sein mit den Kindern?

Ich schaue in den Spiegel. Obwohl ich mich total erschöpft fühle, habe ich nicht das Gefühl, dass ich gleich besser in den Schlaf finden werde. Anfangs schlief ich die paar Stunden, wenn die Babys auch schliefen. Aber seit ein paar Wochen klappt das nicht mehr. Irgendwie spüre ich eine innere Unruhe in mir.

Ich seufze und schaue in den Spiegel. Ich war schon immer recht schmal, musste nie darauf achten, was ich aß. Sport machte ich einfach aus Freude an der Bewegung. Aber irgendwie ist etwas anders. Meine blonden Naturlocken wirken in letzter Zeit immer durcheinander, egal wie oft ich sie kämme. Meine Lippen, so scheint mir, sind im Moment besonders trocken. Der Schlafmangel lässt mich älter aussehen, als ich bin. In der Schwangerschaft hatte ich besonders rosige Wangen, nun wirken sie leicht eingefallen und grau.

Und das hat alles mit der derzeitigen Situation zu tun?

Ich höre einen der Zwillinge weinen. Erst leise, dann wird es lauter.

Oh je, das ist mein kleines Mädchen. Was sie wohl hat? Das letzte Mal habe ihr vor einer Stunde die Windel gewechselt.

Ich wende mich von meinem Spiegelbild ab und schlurfe wieder Richtung Schlafzimmer. Als ich den Raum betrete, fällt auch der andere Zwilling in das Geschrei mit ein.

Nun ist auch Daniel wach. Er dreht sich zu mir um, blinzelt und hebt seinen Kopf.

»Ich helfe dir«, nuschelt er und steht langsam auf.

Dankbar nicke ich ihm zu, während ich Mika auf den Arm nehme. Ja, sie braucht eine neue Windel. Der Wickeltisch steht im Bad. Mit Mika auf dem Arm laufe ich wieder Richtung Badezimmer. Im Augenwinkel sehe ich, wie mein Mann das andere Baby hochnimmt, ihm tröstend über den Rücken streicht, dabei dreht und an ihm schnuppert.

»Lars hat es auch wieder nötig«, ruft er mir nach.

»Ja«, rufe ich zurück, während ich dabei bin, Mika den Body aufzuknöpfen.

Wann haben mein Mann und ich uns eigentlich das letzte Mal geküsst?, überlege ich kurz. Doch ich habe nicht viel Zeit, darüber nachzudenken.

Zwei Tage später. Vormittags.

Es ist kalt draußen. Wir haben Anfang Januar und es dauert eine Weile, bis ich es geschafft habe, beide Säuglinge dick im Kinderwagen zu verpacken, um mit ihnen nach draußen zu gehen. Aber mir ist es wichtig, dass sie zweimal am Tag an der frischen Luft sind. Auch wenn sie nachts wohl noch eine ganze Weile lang alle paar Stunden aufwachen werden, habe ich die Hoffnung, dass sie durch die regelmäßigen Spaziergänge irgendwann besser schlafen werden. Außerdem soll das auch ihr Immunsystem stärken.

»Bettina! Hi, schön, dich zu sehen. Seid ihr gut ins neue Jahr gekommen?«, höre ich eine Stimme neben mir.

Ich habe gerade die Haustür hinter mir zugezogen und lächle leicht. Es ist meine Nachbarin. Vor der Geburt der Zwillinge hatten wir uns öfter Mal auf einen Kaffee getroffen.

»Ja, danke. Mit den Zwillingen war es natürlich nicht ganz so ruhig, aber ich will mich nicht beklagen.«

»Ach Mensch, das darfst du ruhig. Ich bin froh, dass meine drei Kinder nun erwachsen sind und das Haus verlassen haben. Ich habe sie immer geliebt, aber man ist als Mutter doch erleichtert, wenn sie irgendwann ihren eigenen Weg gehen und man selbst wieder mehr auf seine eigenen Bedürfnisse achten kann«, redet meine Nachbarin beruhigend auf mich ein.

Sie heißt Gabi, ist Mitte vierzig und hat mir direkt bei unserem ersten Treffen erzählt, dass sie sehr jung Mutter geworden ist.

Als ich schwanger wurde, fand ich den Zeitpunkt richtig. Aber ich war doch oft sehr müde während der Schwangerschaft. Ob das an meinem Alter lag?

»Na, die beiden sehen heute ja gut aus. Ich wollte dich schon vor einer Weile fragen, ob wir zusammen eine Runde gehen sollen, wir vier. Aber ich wollte mich in der Kennenlernzeit nicht aufdrängen. Dein Mann arbeitet nun wieder, richtig? Ich habe ihn in der letzten Zeit morgens wegfahren sehen.«

Ich nicke.

»Kommst du soweit klar? Ich kann dir gerne helfen, oder hast du jemand? Ach, deine Mutter wohnt ja soweit weg, hast du erzählt. Das ist bestimmt nicht einfach für dich«, plappert Gabi munter weiter.

Ich seufze, plötzlich steigen mir Tränen in die Augen und ich schlage die Hände vors Gesicht.

Erst mein Unwohlsein und in dem Moment, wo Gabi meine Eltern erwähnt, wird mir klar, wie sehr ich meine Mutter gerade in der letzten Zeit vermisse. Meine Eltern sind oft krank, deswegen gab es bisher noch keine Möglichkeit, dass sie zu uns zu Besuch kamen.

»Bettina? Hey, ist doch alles gerade etwas viel bei dir, nicht wahr? Warum sagst du denn nichts? Ich habe es geahnt, aber wollte mich nicht aufdrängen. Hat die Krankenkasse denn euch keine Unterstützung angeboten? Ich hatte nach meinem Kaiserschnitt für ein paar Wochen jemand gehabt, der mir den Haushalt abgenommen hat.«

Ich schniefe ein paar Mal. Meine Nachbarin streicht mir tröstend über den Rücken. Nachdem ich mich halbwegs beruhigt habe, hole ich ein Taschentuch aus meiner Manteltasche und putze mir die Nase.

»Ja, da war jemand, aber ich fand es seltsam, jemand Fremden im Haus zu haben. Ich mache, wenn die Kinder schlafen, die Wäsche und mein Mann unterstützt mich am Wochenende. Schwere Zeiten muss man aushalten, die vergehen dann schneller«, sage ich noch mit leicht zitternder Stimme.

»Nun hör aber auf! Sollen wir ein Stück zusammen gehen?«, bietet mir Gabi an.

Ich willige an. Es ist schön, dass sie mir zuhört.

Bevor wir losgehen, schaue ich noch mal, ob die Zwillinge wirklich warm genug zugedeckt sind und ob ihre Mützen auch richtig sitzen. Sie haben ihre Fäuste neben ihre kleinen, weichen Gesichtern abgelegt.

Wir laufen ungefähr eine Stunde. Das tut gut. Dabei gestehe ich auch: »Ich bin doch mehr erschöpft, als ich dachte.«

»Ach meine Liebe, das ist doch kein Wunder! Gesteh dir das zu.«

»Und ich mache kaum ein Auge zu, auch wenn die Kinder Mal schlafen. Ist das normal?«, gebe ich nun vor meiner Nachbarin zu und bemerke, wie gut es mir tut, mich ihr gegenüber nun immer mehr zu öffnen und von meiner Sorge zu erzählen.

Gabi hat den Zwillingswagen übernommen, um mich zu entlasten, und schiebt ihn schwungvoll einen Feldweg entlang. Wir gehen an Pferdekoppeln vorbei und ich bin froh, dass wir so ländlich wohnen. Nur ab und an treffen wir auf andere Spaziergänger, aber das ist um die Zeit an einem Wochentag ja auch kein Wunder.

Prüfend schaut mich Gabi von der Seite an.

»Was sagt die Hebamme dazu?«

»Sie meint, das wäre normal«, erwidere ich und meine Augen werden feucht.

Gabi legt die Stirn in Falten. Die Zwillinge stöhnen ab und zu im Schlaf, sonst liegen sie weiter ruhig da. *Wie zwei kleine Engel.*

»Hast du denn sonst noch Beschwerden? Du siehst schon sehr blass aus.«

»Nicht direkt ...«, druckse ich herum.

»Aber bei der Vorsorge nach der Geburt warst du?«

»Ja natürlich. Da war auch laut der Ärztin alles in Ordnung.«

Gabi ist gelernte Arzthelferin. Sie arbeitet zwar in einer Zahnarztpraxis, trotzdem hat sie auch aufgrund ihrer drei Kinder einen geschulten Blick für Krankheiten.

»Bettina, wenn ich dich so betrachte, mache ich mir doch Sorgen um dich. Vielleicht verschleppst du ja etwas. Als Mama stehen deine eigenen Bedürfnisse oft hinten an und bei dir ist die Belastung ja auch noch doppelt. Wenn du magst, nehme ich dir die Kinder morgen Mal ab, ich habe frei. Dann kannst du dich bei deinem Arzt durchchecken lassen«, schlägt sie mir vor.

Ich seufze auf.

»Oh Gabi, das ist eine gute Idee.«

»Und ich kann die beiden auch etwas länger nehmen, dann kannst du noch etwas durch die Stadt bummeln oder einen Kaffee trinken. Ich weiß ja, wie schwer es als Mama ist, Mal ein paar Stunden für sich zu haben. Du brauchst kein schlechtes Gewissen zu haben. Und wenn was ist, rufe ich dich sofort an.«

Die Zwillinge beginnen nacheinander unruhig zu werden.

Ich schaue auf meine Uhr.

»Sie bekommen so langsam Hunger«, sage ich und wische mir über die Augen.

»Dann lass uns den Heimweg antreten. Du kannst die beiden Morgen gegen acht Uhr zu mir bringen, mit allem, was sie brauchen.«

»Du hast was gut bei mir«, sage ich halblaut und traue mich dabei nicht, sie anzuschauen.

»Ach, was. Nachbarn sind doch zum Helfen da. Und die beiden Mäuse und ich werden eine schöne Zeit zusammen haben. Klar bin ich froh, dass meine Kinder ausgezogen sind. Nichtsdestotrotz werde ich es genießen, Mal wieder Babys zu umsorgen.«

Gegen 18 Uhr.

Die Zwillinge liegen satt und frisch gewickelt in ihren Bettchen. Ich beschließe, das Anstellen der Wäsche auf später zu verschieben, lege mich neben sie ins Ehebett und höre den beiden beim Atmen zu. Ich beschließe, ebenfalls für einen Moment die Augen zuschließen. Ich seufze und strecke mich lang aus. Die Babys animieren mich mit ihren regelmäßigen Atemzügen zum Entspannen und ich merke schon bald, wie ich in einen tiefen Schlaf abtauche. Dem ersten Tiefschlaf seit Ewigkeiten.

Ich werde von einem Klirren aus der Küche geweckt und schrecke hoch. Um mich herum ist es dunkel. Mein erster Blick geht ins Babybett. Es ist leer. Mein Herz klopft mir bis zum Hals. Ich springe aus dem Bett, reiße die Schlafzimmertür auf und renne so schnell ich kann in den Flur.

Wo sind meine Kinder? Geht es ihnen gut?

Hat sie jemand entführt? Ich höre sie nicht weinen.

Mein Herz schlägt schnell und ich fange vor Angst an zu schwitzen.

Im Wohnzimmer brennt die Lampe neben der Couch. Die Tür links davon, die zur Küche führt, ist nur angelehnt. Durch einen Spalt scheint Licht. Langsam nähere ich mich dem Raum. Dabei zittern meine Hände.

Ich habe gar nichts gehört, wie kann das sein? Wie ist der Einbrecher hier reingekommen? Und was macht er in der Küche?

Plötzlich höre ich eine mir bekannte Stimme: »Ach, verdammt. Jetzt muss ich mich noch mal umziehen. Ihr seid aber auch zwei kleine Ferkel.«

Erleichtert atme ich auf und stehe nun meinem Mann gegenüber. Wie kam ich nur auf den Gedanken, dass er ein Einbrecher sein könnte?

Daniel hält Lars auf dem Arm, der ihm wohl gerade auf die Schulter gespuckt hat. Zunächst macht er das

Baby grob sauber und dann sich selbst. Unsere Tochter liegt in einer Wippe, welche auf dem Fliesenboden steht und schaut mich mit großen Augen an. Ihr Mund ist umrandet von einem frischen Milchbart.

Ich schaue auf die Küchenuhr.

»Schon 21 Uhr! So lange habe ich geschlafen, wie kann das sein?«, frage ich erstaunt.

Mein Mann schaut mich von der Seite an. Nun legt er auch unseren Sohn in seine Wippe, die neben der seiner Schwester steht.

»Na ja, so erschöpft, wie du in der letzten Zeit bist, ist das ja kein Wunder. Ich mache mir ehrlich gesagt schon eine Weile Sorgen um dich. Ist das nur wegen der Zwillinge oder geht es dir nicht gut? Vielleicht solltest du mal in den nächsten Tagen zum Arzt gehen? Du siehst sehr blass aus. Nicht das du was verschleppst.«

Besorgt streicht er mir über eine Wange. Seufzend schaue ich auf den Boden.

»Na danke auch. Du hattest auch schon bessere Komplimente auf Lager«, raune ich, auch wenn ich weiß, dass er es nicht böse meint. Im Gegenteil.

Ich muss wirklich schlecht aussehen.

Mein Mann geht nicht darauf ein, sondern spricht weiter: »Ich würde mir ja freinehmen, um dir die Kinder abzunehmen, aber das schaffe ich im Moment leider nicht. Tut mir leid. Ich habe gerade ein neues Projekt begonnen«, sagt er entschuldigend.

Nun hebe ich wieder den Kopf und sehe ihm sein schlechtes Gewissen und Sorge auch an.

»Du musst dich nicht rechtfertigen. Ich war heute mit Gabi spazieren. Sie ist der gleichen Meinung wie du und hat mir angeboten, die Kinder für ein paar Stunden abzunehmen, damit ich ...«, ich schaffe es nicht ganz zu Ende zu reden.

Erleichtert drückt mich mein Mann an sich und flüstert mir ins Ohr:

»Sie schickt der Himmel. Das machst du genauso, wie ihr es heute besprochen habt. Und sobald du beim Arzt warst, meldest du dich bei mir, ja?«

Ich nicke und schmiege mich an seine Brust. In dem Moment treten mir Tränen in die Augen. Zwar habe ich Gabi und meinem Mann versprochen, zum Arzt zu gehen, aber plötzlich überfällt mich eine große Angst. Ich überleg, es doch nicht zu tun. Was passiert, wenn ich wirklich krank – schlimm krank – bin? Die negative Emotion steigt in mir hoch, breitet sich in meinem Körper aus.

Angst vor was genau? Vor allem und vor nichts.

Ich schaffe es, nachdem Daniel seine Umarmung wieder löst, mich soweit zu beruhigen. Schnell wische ich mir mit einem Ärmel über die Augen und versuche zu lächeln.

»Hast du schon gegessen?«, frage ich mit leicht zittriger Stimme.

»Jein, unsere beiden Kleinen habe ich zweimal gefüttert. Und dazwischen habe ich duschen müssen, da unser Sohn beschlossen hat, zu testen, wie weit er spucken kann. Eben auch noch mal, aber diesmal nicht ganz so schlimm.«

Ich nicke.

»Ich schiebe uns eine Tiefkühlpizza in den Ofen. Mit Thunfisch und Salami, wie immer?«

»Ja gerne«, sagt er mit rauer Stimme und schaue ihn dabei noch einmal tief in die Augen. Er macht sich echt große Sorgen um mich. Dabei hat er selbst genug um die Ohren. Das es so schwer wird mit Zwillingen, hatten wir vor der Geburt nicht erwartet.

Vier Wochen später. Im Flur eines Krankenhauses, in der gynäkologischen Abteilung.

Ich habe Krebs. Vermutet wird ein bösartiger Tumor. Ich kann es immer noch nicht glauben. Auf einmal ging alles so schnell. Von heute auf morgen war nichts mehr wie zuvor. Gewissheit wird erst eine OP bringen, hatte der behandelnde Arzt kurz nach der Koloskopie gesagt.

Krebs. Wer soll sich dann um die Zwillinge kümmern? Werde ich sterben? Brauche ich im Anschluss eine Chemotherapie? Werden mir die Haare ausfallen?

Ich habe noch nicht auf alle meine Fragen Antworten bekommen. Es müssen erst die Ergebnisse abgewartet werden.

Gabi wollte mich heute eigentlich begleiten. Doch sie liegt zu Hause mit einer Grippe im Bett. Mein Mann wollte auch mit, aber ich meinte, dass ich das alleine schaffen werde. Aber da ging ich auch noch nicht von dieser Diagnose aus. Wie in einem Traum gehe ich langsam die Treppen aus dem 3. Stockwerk nach unten. Die Zeit spielt in diesem Moment keine Rolle mehr.

Vor dem Krankenhaus befindet sich ein Park. Es hat angefangen zu schneien. Ich setze mich auf eine Bank. Ich nehme die Kälte um mich herum gar nicht richtig war.

Mein Handy in meiner Manteltasche vibriert kurz darauf. Ich hatte meinem Mann das Ergebnis geschrieben, da ich ihn telefonisch nicht erreicht habe. Das war vor fünf Minuten. Ich ziehe mein Smartphone hervor.

Eine Nachricht blinkt auf.

Wir schaffen das!, schreibt Daniel.

Und wenn ich keine OP will? Tippe ich in mein Handy, zögere dann und lösche die Worte wieder und lasse das Telefon sinken.

Er schickt mir eine weitere Textnachricht:

Ich kann mir vorstellen, dass du Angst hast und dir Sorgen um die Kinder machst. Aber meine Mutter hat angeboten, mich in der Zeit zu unterstützen, dann kannst du dich ganz auf dich konzentrieren.

Seine Mutter, die Frau, für die mein Mann immer ihr kleiner Junge bleiben wird. Und der ich nie etwas recht machen konnte, seitdem wir ein Paar sind. Die Zwillinge lieben sie zwar, aber mich als Schwiegertochter akzeptiert sie nur widerwillig.

Wie lange werde ich meine Babys wohl nicht auf den Arm nehmen können? Werden sie sich dann zu sehr an ihre Oma gewöhnen?

Mir laufen Tränen über die Wangen. Das Handy rutscht mir aus der Hand und fällt mit dem Display voran auf den Boden. Ich höre es splittern, reagiere aber zunächst nicht. Es vibriert kurz darauf wieder. Seufzend bücke ich mich in Zeitlupe nach dem Mobiltelefon, drehe es um und versuche es mit einem Taschentuch, das ich aus meiner Manteltasche ziehe, trocken zu reiben. Ich drücke auf eine Taste. Der Bildschirm blinkt auf, erlöscht jedoch kurz darauf wieder. Auch das Drücken anderer Tasten erweckt es nicht wieder zum Leben. Auch das noch. Mein Handy ist tot. Nun lasse ich es extra wieder fallen, diesmal bewusst, es ist nutzlos.

Bin ich vielleicht auch bald nutzlos?

Ich schlage schluchzend die Hände vors Gesicht. Der Schneefall wird stärker. Ich beginne zu zittern. Ich weiß, dass das Zittern nicht nur von der Kälte stammt, die mit jeder Minute mehr und mehr durch meine Kleider hindurch zu kriechen scheint.

Keine Ahnung, wie viel Zeit vergangen ist, jemand tippt mir auf die Schulter und reißt mich aus meiner Trauer heraus. Langsam hebe ich den Kopf und schaue in ein mir bekanntes Gesicht. Ohne weiter zu fragen, zieht Daniel mich an den Händen hoch und nimmt mich ganz fest in den Arm. Dabei habe ich das Gefühl, für einen Moment keine Luft zu bekommen, aber es tut auch irgendwie gut.

»Wir schaffen das«, flüstert Daniel mir ins Ohr und streicht mir das nasse Haar aus dem Gesicht. Ein Windstoß verwirbelt den heruntergefallenen Schnee.

Mein lautes Weinen vermischt sich mit dem Heulen des Windes. Ich spüre, wie auch mein Mann zittert. Aber keiner löst sich aus der Umarmung. Mein Mann spricht weiterhin beruhigend auf mich ein und ich habe das Gefühl, dass er damit auch versucht, sich selbst zur Ruhe zu bringen.

Das Wetter hat bald darauf ein Einsehen mit uns und es hört auf zu schneien. Mein Mann löst sich als Erstes aus unserer Umarmung.

Hat er auch geweint? Ich bin mir nicht sicher.

»Wir sollten nach Hause fahren und unsere nassen Klamotten ausziehen. Nicht das wir noch krank werden«, sagt er. Den letzten Satz spricht er sehr zögerlich und presst dann die Lippen aufeinander. Entschuldigend zuckt er mit den Schultern.

»Ja« , sage ich mit leiser Stimme.

»Meine Mutter passt auf unsere Kinder auf. Es ist gut, dass wir sie haben. Sie hat nach dir gefragt.«

Ich schlucke, seufze dann auf, versuche meine Ängste, dass sie mir die Kinder wegnimmt, weil sie sich mehr um sie kümmern kann, zu verscheuchen. Es gibt keinen Grund dazu.

»Das ist sehr lieb von ihr. Wir werden sie in nächster Zeit viel brauchen.«

Zwei Monate später. Gegen Mittag.

Ich habe gerade meine zweite Chemobehandlung hinter mir. Die letzten Tropfen des Medikaments laufen in meine Venen. Gabi sitzt neben mir und löst in einem Buch Sudoku Rätsel. Diese Art von Rätsel habe ich noch nie ganz verstanden. Trotzdem bezieht sie mich immer wieder mit ein, indem sie mir ununterbrochen die Regeln erklärt. Es ist eine gute Ablenkung.

Draußen vor meinem Fenster steht ein Baum. Die Blüten an den Zweigen gehen jeden Tag mehr auf, nur wenige Äste sind noch kahl vom Winter. Ich streiche über mein Kopftuch. Mein Mann hat es mir, kurz bevor die Therapie begann, geschenkt. Es ist aus rotem Seidenstoff und schmiegt sich weich an meine Kopfhaut an. Ich habe es mit einem Knoten im Nacken befestigt.

Der Tumor war bösartig und größer als anfangs vermutet. Die Ärzte sagen, sie können ihn entfernen, wenn er kleiner geworden ist. Das heißt: erst Chemo, danach Operation.

Seit ich meine Diagnose habe, ist meine Angst seltsamerweise verschwunden. Gabi hat angeboten, mich zu allen Terminen zu begleiten. Sie hat mir auch geholfen, meine Haare abzurasieren, ich wollte nicht so lange warten, bis diese von alleine ausfallen. Zu dem Zeitpunkt war ich noch zu Hause gewesen. Mein Mann war zunächst geschockt von meiner neuen Frisur, als er mich das erste Mal sah, hatte Tränen in den Augen. Langsam gewöhnt er sich aber daran.

Meine Schwiegermutter ist bei uns eingezogen. Da ich viele Nebenwirkungen von der Behandlung habe, bin ich sehr froh darum. Sie ist eine gute Stütze.

Mein Mann überlegt aktuell, seine Selbstständigkeit aufzugeben, um mehr Zeit für mich und unsere Kinder zu haben, aber das möchte ich nicht.

Die Ärzte sagen, meine Heilungschancen stehen gut.

Woran erkennt man, ob Ärzte die Wahrheit sagen?

Es spielt keine Rolle. Ich habe beschlossen zu kämpfen. Für mich und meine Familie!

Die Zwillinge beginnen sich zu Hause an Möbeln hochzuziehen und ihre ersten Gehversuche zu starten. Es wird nicht mehr lange dauern, bis sie anfangen zu laufen. Ich habe mir fest vorgenommen, bis dahin wieder gesund zu sein, damit sie mit mir zusammen ihr Umfeld erkunden können. Ich freue mich auf Ostern mit meiner Familie. Die Ärzte wollten mir nicht versprechen, dass ich bis dahin gesund bin, aber sie machen mir Hoffnung, dass ich eventuell für ein paar Tage nach Hause kann. Meine Eltern werden auch da sein. Sie wollten schon eher kommen, aber ich habe ihnen noch nichts von meiner Krankheit erzählt, da sie sich beide schnell Sorgen machen und ich das vermeiden wollte. Meine Schwester steckt gerade mitten in ihren Abschlussprüfungen, sie weiß davon. Sie kommt mich zu Hause besuchen, wann sie kann, macht uns die Wäsche oder übernimmt einen Teil der Einkäufe.

Am Nachmittag.

»Ach Gabi, wie soll ich das je wieder gutmachen?«, frage ich wie so oft mit Tränen in den Augen, als meine Nachbarin mich nach Hause fährt.

»Bettina, das haben wir schon so oft besprochen: Du musst da gar nichts wieder gutmachen. Werde einfach wieder gesund. Und deine Schwiegermutter ist zwar eine selbstbewusste Frau, aber du musst dir keine Sorgen machen, sie wird dich nicht von den Kindern fernhalten. Ich habe mich die letzte Zeit öfter mal mit ihr unterhalten. Sie sorgt sich ebenfalls um dich. Und sie hat mir auch gesagt, wie stolz sie auf dich ist und wie glücklich du ihren Sohn machst.«

Ich schlucke und bekomme große Augen bei Gabis Worten.

»Wirklich?«, frage ich unsicher.

»Aber ja, warum sollte ich dich anlügen, meine Liebe? Alles wird gut. Glaube mir. Und auch danach werden wir alle weiter für dich da sein. Scheue dich nicht weiter um Hilfe zu bitten. Das ist nicht das Ende, das ist erst der Anfang von etwas Neuem.«

Ich klappe den Sonnenschutz um und schiebe den kleinen Spiegel frei.

»Meine Haare fangen langsam wieder an zu wachsen«, stelle ich fest, dann fange ich an zu lachen: »Schau mal Gabi, ich glaube, ich bekomme das erste Mal in meinem Leben Locken.«

Bald folgt die OP. Auch die nächsten Jahre werde ich immer wieder an diesen Tag denken. Es ist mein zweiter Geburtstag und so feiere ich ihn auch mit meiner Familie. Ein paar Monate später bin ich gesund und bleibe es auch. Laut den Ärzten könnte ich sogar noch mal Kinder bekommen. Aber Daniel und ich sind froh, dass die Zwillinge bald aus dem Gröbsten heraus sind.

Fünf Jahre später stirbt Gabi überraschend. Ich fühle mich ihr trotzdem auf ewig verbunden, weil sie mich durch die schwerste Zeit in meines Leben begleitet hat.

4. Die Prophezeiung

Die Geschichte von Heike

Heike:

Mitten in der Nacht.

Ich liege im Wohnzimmer und starre in Richtung Fernseher. Mein Kater »Otto« liegt eingerollt auf meinen ausgestreckten Beinen und schnurrt laut. Manchmal hilft mir das Geräusch, das ich wieder einzuschlafen. Doch heute zeigt es keine Wirkung. Ich streiche ein paar Mal über sein grau-meliertes Fell. Vor ein paar Jahren habe ich ihn zu mir genommen, weil ich mich nach dem Tod meiner Mutter, die fünf Jahre nach meiner Großmutter ebenfalls an Krebs gestorben ist, so einsam gefühlt habe.

Krebs. Meine ganze Kindheit war geprägt von dieser Krankheit, die erst den Gebärmutterhals befällt und sich dann, wenn man Pech hat, auf alle umlie- genden weiblichen Organe ausweitet.

Meinen Vater kannte ich kaum, er ging, so erzählte mir meine Mutter, ein paar Wochen nach meinem fünften Geburtstag einen Freund besuchen. Als er dort die Straße überquerte, schaute er sich laut Zeugenaussagen nicht um und wurde von einem Auto erfasst. Die Ersthelfer berichteten, dass er sofort tot war. Meine Mutter war zu diesem Zeitpunkt das zweite Mal erkrankt. Sie hat erzählt, dass er sie sehr vergötterte und meinte, dass er es nicht ertragen würde, wenn sie eines Tages vor ihm sterben würde.

Ich wische mir über die Augen. Ich möchte nicht allzu lange in der Vergangenheit verweilen, auch wenn ich in meinen Gedanken jeden Tag dort bin. Vor ein paar Jahren hat mir der Arzt gesagt, dass mein Risiko an der gleichen Krebsart wie meine Mutter und Großmutter zu erkranken, sehr hoch ist. Zwar sind meine Chancen, die Krankheit zu bekämpfen, heutzutage weit aus besser, da die Medizin sich weiterentwickelt hat, trotzdem habe ich Angst, dass mir das gleiche Schicksal wie meinen weiblichen Verwandten blüht. Wobei, nein, es ist keine Angst, ich gehe fest davon aus. Warum soll es mir anders ergehen als ihnen? Das Schicksal ist für mich vorbestimmt. Für die Impfung gegen das Virus, welches den Krebs auslöst, bin ich schon zu alt. Es ist zu spät.

Im Fernsehen läuft eine Reportage über Bandscheibenvorfälle und wie man eine Operation umgehen kann. Vorbeugen. Auch Krebs kann man vorbeugen. Ich gehe regelmäßig zur Vorsorge.

Der Arzt, der auch meine Mutter und Großmutter behandelte und zudem ich, seitdem ich meine erste Periode bekommen hatte, ging, ist vor ein paar Jahren in Rente gegangen. Die aktuelle Ärztin, zu der ich gewechselt bin, kennt aber natürlich trotzdem meine genetische Vorgeschichte. Sie versichert mir immer wieder, dass die Früherkennung heute schon viel weiter ist als vor ein paar Jahren und das ich mir keine Sorgen machen soll.

Heutzutage bedeutet ein Tumor nicht gleich Krebs. Und Krebs nicht gleich den Tod, höre ich sie in meinen Gedanken sagen. Das hat sie mir beim letzten Vorsorgetermin noch einmal versichert.

Trotzdem gehe ich fest davon aus, dass ich erkranken werde. Dieser Gedanke geht mir immer wieder durch den Kopf.

So wie meine weiblichen Vorfahren werde ich daran sterben. Es ist mein Schicksal. Warum sollte es mir besser ergehen? Deswegen habe ich mich auch nie auf eine längere Partnerschaft eingelassen. Und auch Kinder sind für mich nie ein Thema gewesen. Ich möchte meine krankmachenden Gene nicht weiter vererben und ihnen somit psychisches wie physisches Leid ersparen.

Bisher habe ich nie jemand von meinen Ängsten, die ich täglich mit mir herumtrage, erzählt. Wem sollte ich auch davon erzählen? Freunde habe ich nicht wirklich, ich habe mich daran gewöhnt.

Ottos Schnurren wird leiser und geht in Schnarchen über. Es ist drei Uhr früh, aber ich habe bisher noch kein Auge zugetan. Bis vor einer Stunde habe ich mich - wie so oft - unruhig im Bett hin und her gewälzt und dann beschlossen, das Schlafen aufzugeben.

Seit einer Woche habe ich das Gefühl, in keiner Nacht mehr zur Ruhe zu kommen. Heute ist der Todestag meiner Mutter. Eine Woche zuvor war der meiner Großmutter. An den Todestag meines Vaters erinnere ich mich eher selten. Ich habe ihn ja nicht wirklich gekannt.

Im Fernsehen lief gerade noch die Wiederholung einer Sportsendung. Ich mache ab und zu ein paar Übungen zu Hause, damit mein Rücken für meine Arbeit gestärkt ist, aber mehr auch nicht. Nun läuft eine neue Sendung.

Ein Arzt auf dem Bildschirm berät eine Patientin, die telefonisch zu ihm ins Studio zugeschaltet ist. Im eingeblendeten Untertitel wird darauf hingewiesen, dass es sich um eine Wiederholung handelt. Somit sind telefonische Fragen an den Arzt jetzt nicht mehr möglich. Probleme mit den Bandscheiben und Rückenschmerzen habe ich auch immer wieder. Ich arbeite im Schichtdienst in einem Altenheim, habe dies schon immer getan. Außer in den Zeiten, in denen ich meine Großmutter und dann meine Mutter mit Unterstützung von ambulanten Pflegekräften gepflegt habe, habe ich nie etwas anderes getan.

Ich schaue mich um. Seit meine Mutter gestorben ist, habe ich in meiner Wohnung nichts verändert. Die Einrichtung besteht aus vielen Grau- und dunklen Brauntönen. Die Schrankwand, auf der der alten Röhrenfernseher thront, wirkt sehr mächtig und lässt den Raum kleiner wirken, als er eigentlich ist. Theoretisch müsste ich renovieren, aber mir fehlt der Elan dazu. Ich wüsste auch nicht, warum oder für wen ich das machen sollte. Das nicht verändern, die Beständigkeit gibt mir eine gewisse Sicherheit. Das Wohnzimmer ist wie eine Bärenhöhle, nur ohne Bär. Auch das Zimmer meiner Mutter ist noch in dem gleichen Zustand wie an dem Tag, an dem sie gestorben ist. Ich betrete es nur, um regelmäßig Staub zu wischen und nachdem sie starb, habe die Bettwäsche vom Bett abgezogen. Sie ist, so wie sie es sich gewünscht hatte, friedlich zu Hause eingeschlafen. Nachdem sie gestorben war, habe ich noch ein paar Stunden bei ihr gesessen und mich so von ihr verabschiedet. Stillschweigend hatte sie mir zwei Tage vor ihrem Tod mit einem Kopfschütteln signalisiert, dass sie ihre Medikamente nicht mehr nehmen wollte.

Meine Großmutter war im Krankenhaus gestorben. Die Ärzte hatten ihr Unmengen an Morphium verabreicht und am Ende war sie nur noch ein Schatten ihrer selbst gewesen.

Bei dem Gedanken an das Ableben der Menschen, die mir in meinem ganzen Leben am nächsten standen, fange ich an zu weinen. Otto bemerkt meine Trauer und beginnt noch lauter zu schnurren. Das macht er in solchen Situationen immer. Eigentlich müssten meine Tränen aufgebraucht sein.

Ich weine immer noch fast jeden Tag um meine Mutter und Großmutter. Ich kann nichts dagegen tun, sie fehlen mir so sehr.

Eine richtige Beziehung bin ich – wie erwähnt – aus Angst davor, denjenigen in meinen Sog aus Krankheiten und Trauer mithineinzuziehen, nie eingegangen. Auch sonst habe ich niemanden in meinem direkten Umfeld, dem ich mich richtig nahe fühle. Ich gehe regelmäßig zur Arbeit, ab und zu alleine ins Kino oder einen Kaffee trinken. Essen bestelle ich mir öfter mal nach Hause, da ich keine Freude am Kochen für mich alleine habe. Mich alleine in ein Restaurant zu setzen, finde ich zu deprimierend.

Auch auf feste Freundschaften habe ich mich nie eingelassen. Früher in der Schule hatte ich ein paar Freundinnen. Aber nachdem diese ein paar Mal bei mir zu Hause waren und ich bei unseren Gesprächen ausschließlich davon redete, das es meiner Mutter erneut schlechter ging, entfernten sie sich recht schnell von mir. Das fand ich enttäuschend. Aber ich gab nicht auf, stattdessen beschloss ich, mich auf meine schulischen Leistungen zu konzentrieren.

Otto hebt seinen Kopf und fängt an, sich zu putzen. Wir hatten, seit ich mich erinnern kann, immer Katzen gehabt. In ihrer Gegenwart habe ich mich immer sicher und wohl gefühlt. Sie hörten sich durchweg meine Sorgen und Probleme an oder kuschelten sich an mich, wenn ich mal wieder mich selbst und meine Situation betrauerte.

Nach einer Weile ist mein Kater mit seiner Körperpflege fertig. Er streckt sich ausgiebig und geht dann durch den Flur in Richtung Bad. Kurz darauf höre ich ihn in seinem Katzenklo hin und her wühlen. Ich gähne und versuche mich wieder auf die Sendung im Fernsehen zu konzentrieren, schaffe es aber nicht. Meine Tränen sind vorerst versiegt.

Ungeduldig zappe ich mich durch verschiedene Programme. Die Wanduhr über dem Fernseher hat römische Ziffern. Es ist inzwischen vier Uhr in der Nacht. Ich seufze. Zum Glück ist Samstag und ich habe dieses Wochenende frei.

Mein Hausarzt hat mir beim letzten Mal angeboten, ein Rezept für ein Schlafmittel aufzuschreiben. Vielleicht sollte ich das Angebot doch annehmen?, überlege ich.

Ich stehe auf und gehe ins Bad. Auf dem Weg dahin treffe ich Otto. Er blinzelt mir zu, das bedeutet in Katzensprache, dass er mich liebt. Er wird nun einen Rundgang durch die Wohnung machen, das macht er immer um diese Uhrzeit. Im Anschluss wird er sich ans Wohnzimmerfenster setzen und vom Fensterbrett aus darauf warten, dass die Vögel an dem vordersten Baum aufwachen. Seine Vorgängerin wurde eine Straße weiter überfahren, deswegen lasse ich ihn lieber nicht nach draußen. Auch noch Otto zu verlieren wäre das Schlimmste, was mir aktuell passieren könnte.

Im Bad angekommen gehe ich zur Toilette. Dann stelle ich mich vor den Spiegel.

Ich streiche mir meine meist strubbeligen, grauen Haare hinter die Ohren. Sie sind schulterlang. Früher waren sie schwarz, aber schon als ich Ende zwanzig war, fingen sie an, Farbe zu verlieren. Die graublauen Augen und meine sanfte Stimme habe in von meiner Mutter. Otto gurrt, während er auf dem Fensterbrett auf die Vögel wartet. Gleich wird es draußen dämmern. Ich greife nach meiner Zahnbürste.

Am frühen Nachmittag.

Draußen regnet es in Strömen. Vor einer halben Stunde hatte ich noch überlegt, im nahe gelegenen Waldstück spazieren zu gehen. Das mache ich regelmäßig, aber ich versuche eher an Zeiten zu gehen, an denen weniger Menschen unterwegs sind. Alleine fühle ich mich am wohlsten. Auf der Arbeit lässt sich der Kontakt mit anderen Menschen schwer vermeiden, aber das Heim, in dem ich arbeite, ist nicht sehr groß und die Kolleginnen sind auch eher ruhig. Der Leiter der Einrichtung ist ein Mann in meinem Alter. Er schätzt meine Arbeit, zumindest sagt er immer wieder, dass ich sehr gewissenhaft und verlässlich sei. Das sei heutzutage ja nicht mehr selbstverständlich.

Meine Arbeit bringt mich täglich an meine körperlichen Grenzen und ich überlege hin und wieder, wie lange ich diesen Job noch ausüben kann. Zeitgleich bin ich froh, diese Arbeit zu haben, denn sie hilft mir dabei, Mal ein paar Stunden nicht nur an mich und meinen Kummer zu denken.

Ich gehe in die Küche und gieße mir einen Pfefferminztee mit frischer Minze auf. Die Blätter hierfür habe ich heute Morgen nach dem Frühstück im Garten gepflückt. Meine Mutter hatte, nachdem sich ihre Mutter nicht mehr darum kümmern konnte, das Kräuterbeet meiner Großmutter übernommen und so lange sie dazu in der Lage war, gehegt und gepflegt. Danach übernahm ich diese Aufgabe. Wenn ich die Kräuter gieße oder was davon ernte, fühle ich mich meiner Mutter ganz nah.

Otto liegt auf dem alten Massagesessel meiner Großmutter. Seine Beine bewegen sich im Schlaf, so als würde er laufen und auch seine Schnurrhaare zucken ab und zu. Ich muss etwas lächeln.

Manchmal überlege ich, wie es wohl gewesen wäre, Kinder zu haben. Aber diese Momente kommen nicht oft vor und der Gedanke daran vergeht meist so schnell, wie er gekommen ist.

Ich stelle meine dampfende Tasse auf dem Wohnzimmertisch ab und streiche über den Cordstoff des Sessels. Dabei schließe ich für einen Moment die Augen und erinnere mich daran, wie Oma hier gesessen hat. Ihre Augen hatten immer gestrahlt. Ihre Iris hatte denselben Farbton wie die Iris meiner Mama. Wenn ich in den Spiegel schaue, strahlen meine nicht, so scheint es mir. Die beiden waren so krank und trotzdem selbst für Kleinigkeiten so dankbar. Mir scheint diese Gabe zu fehlen.

Am Abend.

Die Wochenenden, an denen ich frei habe, ziehen sich für mich wie Kaugummi. Dadurch, dass ich nachts kaum schlafe, haben die Wochenenden gefühlt noch mehr Stunden, die ich füllen muss. Das, was ich für mich und Otto besorgen und im Haushalt erledigen muss, ist schnell geschafft. Freitags gehe ich nach der Arbeit einkaufen, samstags nach dem Frühstück, nachdem ich den Haushalt erledigt habe, gehe ich auf den Friedhof und pflege das Grab von Oma und Mama, am Nachmittag lese ich meine abonnierte Zeitung und sonntags verbringe ich den Tag mit Stricken von Wollsocken. Meine Oma meinte, von selbst gestrickten Socken könnte man nie genug haben, deshalb sind meine Schubladen voll davon. Aber ich friere oft, auch im Sommer, deshalb finden sie alle ihre Verwendung.

Der Kater ist aufgestanden und zu seinem Fressplatz marschiert. Nun sitze ich im Sessel und schaue eine Quizsendung im Fernsehen, aber mit meinen Gedanken bin ich wie so oft woanders. Am Montag steht wieder eine Routineuntersuchung bei meiner Frauenärztin an. Meine Wechseljahre habe ich schon seit einer Weile überstanden, doch seit ein paar Tagen verspüre ich wieder ein Ziehen im Unterleib und Schmerzen beim Wasserlassen. Probleme mit der Blase hatte ich nur als junges Mädchen und danach nicht mehr.

Sie wird mir sagen, dass jetzt der Krebs da ist. Ich bin erstaunt, dass er erst jetzt ausbricht. Vielleicht hat er sich Zeit gelassen, um nun ganz schnell in meinem Körper auszubreiten.

Mein Herz beginnt bei dem Gedanken daran laut zu pochen und meine Hände schwitzen. Mein Kater kommt aus der Küche und schleckt sich das Maul. Maunzend kommt er auf mich zu und springt gekonnt auf meinen Schoß. Das Tier schaut mich mit seinen großen Augen neugierig an.

Ob er spürt, dass ich krank bin?

Ich fasse an meine Stirn.

Habe ich Fieber?

Krampfhaft versuche ich, mir die Krankheitssymptome meiner Mutter und Großmutter in Erinnerung zu rufen. Aber die Anfänge habe ich ja nie ganz mitbekommen. Und die beiden konnten sich irgendwann auch nicht mehr im Detail daran erinnern, was die ersten Anzeichen der Krebserkrankung waren.

Übelkeit steigt in mir auf. Otto will es sich gerade auf mir bequem machen, doch ich stehe ruckartig auf, wodurch er von meinem Schoß rutscht. Erschrocken schreit er auf und springt von mir herunter. Ich muss mich übergeben. Jedes Mal, wenn ich denke, mein Magen ist leer, schießt erneut Magensäure in meine Speiseröhre. Ich verliere jegliches Gefühl für Raum und Zeit. Irgendwann endet die Übelkeit und ich lasse mich erschöpft auf einem der Badteppiche sinken. Ich wische mir über meine feuchte Stirn.

Vom Essen kann das nicht kommen.

Otto streicht an mir vorbei und stupst mich ein paar Mal mit seiner Nase gegen meine Nase.

Und was, wenn ich nun wirklich ernsthaft krank bin? Wer kümmert sich dann um Otto? Ich will nicht, dass er noch mal ins Tierheim kommt.

Fünf Tage später. Am Nachmittag.

Eben hat mich meine Frauenärztin wegen der Ergebnisse angerufen, aber ich habe das Telefon nicht abgenommen. Wie erstarrt habe ich neben dem klingelnden Telefon gesessen gewartet, bis der Anrufbeantworter anspringt. Als ich die Stimme der Ärztin höre, kralle ich meine Fingernägel in den Sessel, Otto putzt sich ausgiebig. Er sitzt auf meinem Schoß. Angespannt lausche ich den Worten der Ärztin.

Ein paar Minuten später.

Auch als sie sich verabschiedet und somit die Nachricht beendet, wage ich es nicht, mich zu rühren. Mein Atem, so scheint es mir, habe ich während der Dauer angehalten.

Anfang der Woche habe ich mich krankschreiben lassen. Die Unterleibsschmerzen und das Erbrechen haben das Arbeiten für mich unmöglich gemacht.

Und nun? Was sagt meine Frauenärztin dazu?

Es ist kein Krebs, sondern eine leichte Entzündung der Eierstöcke. Laut meiner Frauenärztin sollte diese von alleine ausheilen. In den meisten Fällen müsste man lediglich beobachten und abwarten. Ich seufze. Eine bisher ungeahnte Energie macht sich in mir breit und ich beginne vor Freude und Erleichterung laut zu schreien. Otto flieht überrascht, ich bin ihm zu laut. Ich schreie, lache und tanze durch mein Wohnzimmer, dann beschließe ich, alle Türen und Fenster im Untergeschoß zu öffnen. Der Frühling hat vor ein paar Tagen begonnen, das habe ich gar nicht bemerkt, Vogelgezwitscher dringt an mein Ohr und die Sonne scheint. Ich gehe zu der alten Musikanlage und schalte das Radio an, ein Schlager läuft. Ich drehe die Lautstärke bis zum Anschlag auf. Danach gehe ich in den Garten und lache und tanze zu dem Song, der bis nach hier draußen zu hören ist. Nach einigen Sekunden bemerke ich, wie die Nachbarin, die rechts neben mir wohnt, durch den Zaun lugt. Sie fragt, was in mich gefahren sei, so hätte sie mich noch nie erlebt und ob ich verrückt geworden sei. Ich lache sie an.

»Nein« erwidere ich. »Ich bin nur gesund. Und habe beschlossen, das Leben zu feiern.«

Otto nutzt seine Chance und ist in den Garten gehuscht. Ich lasse ihn an ein paar Blumen schnuppern und den Vögeln lauschen.

Dann lasse ich mich auf einen der alten Gartenstühle sinken. Die Stühle wirken genauso wie vieles andere im Garten und auch im Haus brüchig, es ist vieles in die Jahre gekommen. Ich fange an zu grinsen und beschließe die Renovierung von Haus und Garten in der nächsten Zeit in Angriff zu nehmen. Dann werde ich auch einen katzensicheren Zaun bauen lassen, damit Otto nach draußen aber nicht in Richtung Straße abhauen kann.

Eine Stunde später.

Das Adrenalin steckt immer noch in meinem Körper, aber das Tanzen hat mich auch zum Schwitzen gebracht. Ich wische mir über die Stirn.

Ich bin gesund. Ja, kerngesund. Und werde es auch bleiben.

Langsam gehe ich auf Otto zu und nehme ihn auf den Arm und gehe mit ihm gemeinsam zurück ins Haus. Heute Abend werde ich chic Essen gehen und morgen plane ich einen Besuch im Möbelhaus.

5. Schattenseiten

Die Geschichte von Katja

Katja:

Samstag Vormittag.

»Es könnte eine Zyste sein. Eine Zyste hatte ich ja schon öfter an den Eierstöcken. Oder eine einfache Entzündung, hat meine Frauenärztin gemeint. Aber egal, was es ist, – sie hat mir auf jeden Fall abgeraten, mit der Hormonbehandlung weiterzumachen. Eine Entnahme der Eizellen kann auch nicht stattfinden, wenn nicht alles in Ordnung ist. Eigentlich ist der nächste Krebsvorsorgeabstrich erst in zwei Monaten fällig. Doch um auf Nummer sicherzugehen, hat sie ihn gestern schon gemacht. Sobald die Ergebnisse da sind, ruft sie mich an«, erzähle ich meinem Mann am Frühstückstisch. Während ich rede, laufen Tränen über meine Wangen.

Er reicht mir ein Croissant, doch ich schüttle den Kopf, schluchze auf und schnäuze mir anschließend die Nase.

Johannes streicht mir ein paar Tränen von den Wangen. »Ach Katja, dann versuchen wir es noch mal.

Wir haben noch genug Rücklagen für einen zweiten Versuch. Jetzt geht erst einmal deine Gesundheit vor, danach versuchen wir es erneut mit der künstlichen Befruchtung.«

Ich fange noch mehr an zu weinen, da ich so darauf gehofft habe, dass alles direkt so klappt, wie wir uns das vorgestellt hatten.

Johannes und ich sind seit unserer Teenagerzeit ein Paar. Mit Anfang zwanzig haben wir geheiratet und schnell war uns klar, dass wir auch Kinder wollen. Seitdem hatte ich sieben Fehlgeburten. Alle in verschiedenen Trimestern der Schwangerschaft. Zwei Embryonen musste ich tot gebären. Das waren die zwei schlimmsten Tage meines Lebens. Ich dachte, sie würden nie enden. Bei den Untersuchungen wurde festgestellt, dass wir beide kerngesund sind. Medizinisch schien es keine Ursache für die Aborte zu geben. Trotzdem wurde ich nicht schwanger.

Vor zwei Jahren beschlossen wir dann, es mit einer künstlichen Befruchtung zu versuchen. Wir waren inzwischen beide dreißig Jahre alt. Ab diesem Zeitpunkt begannen wir für die Behandlung, die nicht billig ist, zu sparen. Vor sechs Monaten war es dann soweit: Ich fing mit der Hormontherapie an, um meinen Körper vorzubereiten und die Umgebung so zu gestalten, dass eine Schwangerschaft diesmal die perfekte Chance hatte, zehn Monate zu halten. Wir glaubten fest daran, dass wir es diesmal schaffen würden. Zuerst wirkte alles gut, doch seit zwei Monaten scheint etwas bei mir oder meinem Körper nicht mehr zu stimmen. Meine Periode blieb aus, meine Nägel begannen zu splittern und mir fielen die Haare aus. Auch so fühlte ich mich äußerst unwohl. Mein Bauch war oft gebläht, ich wirkte im Gesicht sehr aufgedunsen, aber seltsamerweise nahm ich nicht zu, sondern ab. Zudem war mir oft schlecht. Eine Schwangerschaft wurde mehrmals ausgeschlossen. Ich fühlte mich dauerhaft müde, konnte mich kaum noch auf meinen Alltag konzentrieren.

Johannes fing bald darauf an, sich große Sorgen zu machen und bat mich, dies bei meiner Frauenärztin abzuklären.

Nun sitzen wir hier, an einem Samstagmorgen. Der Frühling hat begonnen und wir haben es uns auf dem Balkon bequem gemacht. Meine Balkonkästen habe ich vor zwei Tagen neu bepflanzt und die Blumen strahlen in den schönsten Farben. Aber in diesem Moment kann ich mich nicht darüber freuen.

Ich weiß, dass die Nachbarn um uns herum unser Gespräch mitbekommen. Aber das ist mir relativ egal, ich schluchze weiterhin vor mich hin und kann mich einfach nicht beruhigen.

Und wenn beim nächsten Mal bei der künstlichen Befruchtung auch etwas dazwischen kommt? Ich liebe Kinder und kann mir ein Leben ohne sie nicht vorstellen.

»Wie soll ich am Montag zur Arbeit gehen? Dort sehe ich jeden Tag das, wonach ich mich so sehne«, bemitleide ich mich selbst.

Es entsteht zunächst eine Pause. Ich schaue meinen Mann an und sehe, dass er nachdenkt.

»Und wenn du dir nächste Woche von der Arbeit in der Kindertagesstätte freinimmst?«, schlägt Johannes vor.

Ich zucke mit den Schultern. Langsam beruhige ich mich wieder. Ich greife zu meinem Kaffee, er ist kalt.

Johannes schaut mich zögernd an, dann steht er auf: »Ich hole dir einen neuen Kaffee. In der Zeit kannst du über meinen Vorschlag nachdenken. Es ist gut, dass du bei der Ärztin warst. Aber das Ganze nimmt dich auch sehr mit. Vielleicht solltest du ein paar Tage zu einer Freundin oder deiner Mutter an die Nordsee fahren. Da warst du doch schon ewig nicht mehr. Die Luft dort und Mal was anderes zu sehen, tut dir bestimmt gut. Manfred und ich kommen auch eine Weile ohne dich klar.«

Ich lächle ein klein wenig, denn im gleichen Moment kommt unser kleiner Rauhaardackel zu mir getapst, stupst mich mit seiner Schnauze am Bein an und kläfft zustimmend.

»Vielleicht ist es auch einfach der Stress oder die hoch dosierten Hormone, die ich dir jeden Tag spritzen soll. Ganz wohl fühle ich mich dabei übrigens nicht. Es sind ja Medikamente. Es ist sicherlich nicht verkehrt, wenn du ein paar Tage mit der Therapie aussetzt und deinem Körper Ruhe gönnst.«

Ich atme tief ein und aus und nicke Johannes zu. Er lächelt und geht ins Haus, um mir den versprochenen frischen Kaffee zu holen.

Vielleicht ist Wegfahren wirklich keine so schlechte Idee, ich war schon ewig nicht mehr alleine im Urlaub.

Während er weg ist, spiele ich das Ganze noch mal gedanklich durch. Ich schaue in den Himmel, die Frühlingssonne kitzelt mich an der Nase und ich muss niesen. Bestimmt hat Johannes recht und mein Unwohlsein stammt vom Stress.

Fünf Minuten später.

»Also, wenn du und Manfred«, ich streichle dem Dackel über sein Fell und er wedelt dabei freudig mit seinem Schwanz, »nichts dagegen habt, nehme ich deinen Vorschlag an. Meine Mutter lebt ja schon seit ein paar Jahren an der Nordsee und meint, wenn wir telefonieren immer, ich könnte doch ruhig öfter vorbeikommen. Wenn ich eine Pause mache, schaffe ich die Strecke ohne Probleme, jetzt wo keine Ferien sind, komme ich vielleicht noch schneller durch. Ich werde mich bei meiner Chefin krankmelden und mir damit eine Auszeit von allem gönnen. Aber euch werde ich trotzdem sehr vermissen, dich und Manfred!«

»Na, das will ich schwer hoffen!«, sagt mein Mann lachend. »Nun iss aber noch etwas. Du bist die letzte Zeit wirklich etwas schmal geworden.«

Ich nicke und greife nun doch nach einem Crois- sant. Anschließend bestreiche ich es mit Marmelade.

Eine Woche später. In der Nähe vom Norddeich.

Ich sitze mit meiner Mutter am Küchentisch. Mein Vater hat Brötchen geholt. Ein paar Tage habe ich es hier geschafft zu entspannen. Doch dann erhielt ich gestern den Anruf meiner Ärztin. Zunächst habe ich kaum darauf reagiert. Nachts fing ich dann jedoch an, über das Gesagte zu grübeln und es wirklich zu verstehen. Und als ich mir nach einer schlaflosen Nacht in der Küche meinen ersten Kaffee holte und auf meine Mutter traf und sie mich noch mal darauf ansprach, brach ich in Tränen aus.

»Konntest du denn heute Nacht überhaupt schlafen?«, hakt meine Mutter noch mal nach.

Ich schüttle den Kopf und habe dabei immer noch Tränen in den Augen.

Meine Mutter beugt sich vor und streicht mir über die Wangen, wie sie es früher schon machte, als ich noch ein Kind.

»Ach, mein Schatz, das hört sich jetzt alles ganz furchtbar an. Aber es ist bestimmt alles halb so schlimm. Und auch wenn sich die Vermutung weiter bestätigt, dann wird sich auch dafür eine Lösung finden. Möchtest du, dass ich mit dir zurückfahre, um dir bei den Untersuchungen beizustehen?«, versucht mich meine Mutter zu trösten.

Ich seufze, schüttle aber den Kopf.

»Hast du Johannes schon Bescheid gesagt?«

»Ja, gestern Nachmittag, direkt nachdem die Ärztin mir den ersten Befund mitgeteilt hat, habe ich ihn angerufen. Er wollte direkt hierher fahren, aber ich habe ihn abgehalten. Sobald ich mich beruhigt habe, werde ich mich auf den Heimweg machen und dann werden wir alles Weitere gemeinsam, in Ruhe besprechen«, meine Stimme zittert, doch ich schaffe es einigermaßen klar zu sprechen, auch wenn in meinem Kopf ganz viele Gedanken durcheinander schwirren.

»Hat die Ärztin nicht gesagt, dass die Werte nicht gut sind, aber sie auch eine Operation nicht überstützen würde? Und das sie anraten würde, dass du in drei Monaten noch mal zur Kontrolle kommst?«

Wir haben uns gemeinsam angehört, was die Ärztin mir zu sagen hatte. Ich hatte den Lautsprecher am Telefon aktiviert. Um am Ende nichts zu vergessen, hatte meine Mutter sich während des Gesprächs handschriftliche Notizen gemacht. Den Zettel hat sie nun wieder in der Hand.

Dankbar schaue ich sie an. Ich atme ein paar Mal tief ein und aus. Das hilft mir immer, wenn ich stark weinen muss. Dies kommt öfter vor, ich war schon immer nah am Wasser gebaut.

Nach ein paar Minuten habe ich mich so weit beruhigt, dass ich meiner Mutter mit weiterhin zitternder Stimme antworten kann: »Ja, das hat sie. Ich bin froh, dass du das Telefonat mit angehört hast. Vielleicht mache ich mich auch zu sehr verrückt. Ich habe Angst, dass die Werte sich verändern, aber noch größere Angst habe ich davor, dass sich unser Kinderwunsch aufgrund dessen nun gar nicht mehr erfüllen lässt.«

Nachdem ich den letzten Satz beendet habe, fange ich wieder an zu schluchzen.

»Katja, nun versuch einmal nicht an ein Baby zu denken. Ich weiß, dass es dein Herzensthema ist, aber hier geht es jetzt gerade nur um dich und deine Gesundheit. Du wirst die nächsten Monate häufiger zu deiner Frauenärztin zu Kontrolluntersuchung gehen. Sie wird alle drei Monate einen Krebsabstrich bei dir vornehmen. So hat sie es dir erklärt. Und wenn die Werte sich nach zwei Kontrollen verbessert haben, dann kannst du auch wieder mit der Hormontherapie beginnen und danach steht der künstlichen Befruchtung nichts mehr im Wege. Versuche in kleinen Schritten zu denken.«

Während meine Mutter mir ins Gewissen redet, hat sie sich zu mir nach unten gebeugt, meine Hände genommen und mir mit festem Blick in die Augen geschaut. Nun steht sie leicht stöhnend wieder auf. Sie lacht.

»Ich werde einfach nicht jünger.«

Nun muss ich ebenfalls lachen.

Nach dem Frühstück gehe ich zurück in die obere Etage, ins Gästezimmer und beginne meine Sachen zu packen. Bevor ich fahre, möchte meine Mutter noch mal mit ihr am Deich spazieren zu gehen. Das Wetter ist gut und es wäre schade, nicht noch etwas von der entspannten Atmosphäre, die hier herrscht, mitzunehmen. Die Möwen kreisen über unseren Köpfen und ich atme tief die Seeluft tief ein.

Drei Monate später.

Sehnsüchtig warte ich auf die Ergebnisse meiner Frauenärztin. In zwei Tagen fahren wir in den Sommerurlaub. Auf den Weg dorthin werden wir meine Eltern für ein paar Tage besuchen. Eigentlich müsste ich spätestens morgen einen Anruf erhalten. Ich lenke mich ab, indem ich mich um meine Balkonkästen kümmere. Im Hintergrund spielt Johannes mit Manfred. Mein Handy habe ich hinten in meine eine Gesäßtasche gesteckt. Just in dem Moment klingelt mein Smartphone. Erschrocken zucke ich zusammen und verletzte mich dabei fast mit der Harke an meinem Bein. Ich lege mein Gartenwerkzeug beiseite, streife die Handschuhe ab und werfe sie hinter mich. Dann greife ich mit zitternden Händen zum Telefon. Die eingeblendete Nummer bestätigt, dass es die Praxis meiner Frauenärztin ist.

»Guten Morgen Frau Janßen, ich wollte Ihnen Ihre Werte mitteilen. Diese haben sich verbessert. Wir sind auf einem guten Weg. Aber seien Sie trotzdem noch geduldig, bevor Sie wieder mit der Gabe der Hormonspritzen beginnen. Ich möchte erst, dass ihr Körper wieder komplett im Gleichgewicht ist.«

»Ja«, antworte ich, »das mache ich, vielen Dank.«

Erleichtert wische ich mir mit einem Arm Schweiß von der Stirn und atme auf.

»Ist alles in Ordnung? Was hat die Ärztin gesagt?«, fragt Johannes besorgt.

Er ist leise an meine eine Seite getreten.

Manfred steht schwanzwedelnd an der anderen in der Hoffnung, dass es nur eine kurze Spielpause ist und er gleich wieder aufsteht.

»Ja. Die Werte sind etwas besser«, sage ich leise, um nicht zu euphorisch zu klingen.

Johannes lacht auf, ich verstehe nicht warum. Dann streckt er die Hand vor, streicht über mein Gesicht und sagt dabei:

»Na dann ist doch alles super, mein kleiner Maulwurf!«

Ich falle in sein Lachen mit ein.

Weitere drei Monate später.

»Das verstehe ich nicht, die Werte schienen doch besser«, sage ich unter Tränen.

Johannes und ich sitzen im Krankenhaus. Nun muss ich doch zur Kolposkopie und es sollen Biopsien entnommen werden. Es besteht der Verdacht, dass ich einen Tumor in der Gebärmutter habe, da meine Werte plötzlich wieder um einiges schlechter geworden sind. Trotz allem schwirrt immer noch mein Kinderwunsch in meinem Kopf herum. Ich kann nicht davon ablassen.

»Katja, mein Schatz. Du bist hier in guten Händen. Selbst wenn es einen Tumor gibt, muss das noch nicht das Ende von unserem Wunsch sein. Es zeigt lediglich, dass deine Gesundheit nun erst mal im Vordergrund stehen sollte. Du wirst hier gut behandelt, da bin ich mir sicher.«

Johannes Kollege hat uns dieses Krankenhaus emp-
fohlen. Die Ärzte operieren hier mit dem Kegelschnitt.
Mit einer Elektroschlinge wird der Tumor entfernt.
Dies ist Behandlung und Untersuchung im einem.

Johannes ist Chirurg. Nicht für Frauenheilkunde,
sondern für Unfallchirurgie. Trotzdem hat er natürlich
viel Ahnung und seine Worte beruhigen mich. Durch
die Empfehlung seines Kollegen haben wir den heutigen Termin auch früher bekommen.

Eine halbe Stunde später.

Ich sitze auf einem gynäkologischen Stuhl. Auf einer
Kamera kann ich mitverfolgen, wie das Gewebe meiner Gebärmutter mit Essigsäure eingefärbt wird. Anhand dieser Untersuchung können die Ärzte sehen,
welches Gewebe verändert ist. Alles, was sich weiß
färbt, ist kritisch. Ich schaue nicht hin, auch mein
Mann getraut sich nicht. Wir schauen einander tief in
die Augen. Die Zeit scheint für uns stehen zu bleiben.

Wie durch Watte höre ich, wie die Ärzte sagen, dass
sich das Gewebe teilweise eingefärbt hat. Von diesen
Stellen nehmen sie Biopsien. Einer der Ärzte erklärt
mir, dass sie im Anschluss eine Ausschabung machen.
Das wird immer so gehandhabt. Die Ergebnisse der
Gewebeproben kann ich in ein paar Tagen erfragen.
Mir ist etwas schwindelig, als ich wenig später vom
Untersuchungsstuhl heruntersteige und hinter den
Raumteiler gehe, um mich wieder anzuziehen. Eine
Schwester reicht mir eine große Binde.

»Nicht erschrecken, es kann zu Nachblutungen nach der Untersuchung kommen.«

Ich nicke, nehme ihre Stimme nur leise wahr.

Eine Stunde später.

Wir sitzen in der Cafeteria. Mein Mann ist schon das dritte Stück Sahnetorte. Er ist ein Stressesser. Ich nippe an meiner zweiten Tasse schwarzen Kaffee. Das Koffein bringt meinen Kreislauf langsam wieder ins Gleichgewicht. Kurz darauf muss ich zur Toilette.

»Soll ich dich begleiten?«, fragt Johannes mich zwischen zwei Bissen.

Ich schüttle den Kopf.

Sobald ich der Natur ihren Lauf lasse, brennt es höllisch beim Wasserlassen. Als ich mich abputzen will, schaue ich in die Toilettenschüssel und erschrecke mich. Die weiße Keramik ist voller Blut und auch die XXL-Binde, die mir nach der Untersuchung gereicht wurde, ist rot. Ich schließe kurz die Augen und versuche, mich zu beruhigen.

Was hatte die Schwester noch mal gesagt? Eine Blutung wäre nach der Entnahme der Biopsien und der Ausschabung normal. Ausschabung, diese hat mein Körper schon viel zu oft erfahren. Aber so viel geblutet hat es danach noch nie. Oder habe ich damals nicht richtig darauf geachtet, weil ich auch unter Schock stand?

Ich öffne meine Augen wieder, stehe auf und ziehe mich langsam an.

Ich habe gute Ärzte, versuche ich mich selbst zu beruhigen. Trotzdem zittern meine Hände, als ich sie mir
anschließend wasche.

Ein Jahr später. Im Sommer.

Meine Werte sind seit zwei Krebsabstrichen ohne Befund. Meine Frauenärztin hat das Go gegeben, wieder
mit der Hormontherapie beginnen. Aber ich beginne
seit ein paar Wochen das Ganze zu hinterfragen. Es
gibt keine genauen Ergebnisse dazu, aber ich habe Be-
denken, dass die Hormone zu meinen veränderten
Werten geführt haben.

Ich bin wieder zu Besuch bei meiner Mutter. Diesmal mit meinem Mann und Manfred zusammen. Die
Männer sind mit dem Hund am Deich spazieren. Wir
Frauen sitzen im Garten, trinken Kaffee und lassen das
letzte Jahr noch mal in einem Gespräch Revue passieren.

»Du hast großes Glück gehabt, mein Schatz.«

»Ja, Mama, da hast du recht.«

»Und werdet ihr es nun ein weiteres Mal mit der
Hormontherapie versuchen?«

»Ich weiß es nicht, Johannes und ich haben bisher
nicht noch mal darüber gesprochen.«

Erstaunt schaut mich meine Mutter an.

»Möchtest du doch kein Kind mehr?«

»Ich weiß nicht ... Vielleicht ist das nicht der richtige
Weg für mich oder uns. Johannes war davon von

Anfang an nicht begeistert. Er meinte, er würde das nur für mich tun, damit ich glücklich bin.«

»Verstehe.«

Es entsteht eine Sprechpause. Eine Brise weht uns um die Nase. Im Nachbargarten spielen Kinder. Sonst hat mir so etwas einen Stich ins Herz versetzt, doch in diesem Moment erfreue ich mich einfach daran, ohne diese Sehnsucht, diesen Schmerz, den ich noch vor einer Weile hatte, in mir zu spüren.

Vielleicht kann ich ja meinem Leben, unserem Leben eine neue Richtung geben. Einen neuen Sinn.

»Habt ihr schon mal darüber nachgedacht, ein Kind zu adoptieren?«, unterbricht meine Mutter meine Gedanken.

»Das dauert doch ewig, bis das in Deutschland klappt«, seufze ich auf.

»Auch wieder wahr. Und ein Pflegekind? Unsere Nachbarn haben eins und denken inzwischen darüber nach, noch ein zweites bei sich aufzunehmen«, muntert mich meine Mutter auf.

In meinem Kopf fängt es an zu arbeiten. Ich nippe an meinem Kaffee.

»Ich werde es mir durch den Kopf gehen lassen und dann mit Johannes reden«, meine ich bald darauf.

Meine Mutter lächelt mir zu und nickt.

Bald darauf kommen mein Mann und mein Vater nach Hause. Manfred kommt direkt auf mich zugestürmt. Kurz gefolgt von Johannes.

Ich sehe im Augenwinkel, wie meine Mutter meinem Vater ein Zeichen gibt, dann schleichen sich beide unbemerkt davon und geben uns damit die Möglichkeit für ein Gespräch zu zweit.

6. Die Trennung

Die Geschichte von Tamara

Tamara:

Am Nachmittag.

Wir sitzen zusammen an unserem Esstisch. Ich traue mich nicht, ihm in die Augen zu schauen. Ich höre, wie er leise weint. Damit hatte ich nicht gerechnet. Dabei war ich doch sonst immer diejenige in unserer Beziehung, die nah am Wasser gebaut war. Aber heute nicht. Ich habe lange darüber nachgedacht, aber es erscheint mir der einzige Weg zu sein.

»Und das ist dein letztes Wort? Da kann ich nichts mehr dagegen tun?«, fragt mich mein jetzt Ex-Freund mit zitternder Stimme.

Ich schaue ihn nun doch an. Er tut mir leid. Er sitzt in sich zusammen gesunken da, holt in Taschentuch aus seiner Tasche hervor und schnäuzt sich lautstark die Nase.

Ich weiß, dass es gemein von mir ist, dass ich diese Entscheidung getroffen habe, ohne ihn vorzuwarnen. Aber hätte ich ihn in meinen Gedanken eingeweiht, hätte er wahrscheinlich noch mal gekämpft. Und das wollte ich nicht.

Aber das denke ich nur und sage dann laut: »Ach Chris, es lief doch schon lange nicht mehr gut zwischen uns. Ich habe aufgehört zu zählen, wie oft wir uns schon getrennt haben, wir tun uns damit doch immer wieder nur gegenseitig weh.«

Seit zwei Wochen habe ich jeden Tag hin und her überlegt, aber diese Beziehung macht keinen Sinn mehr. Ich habe keine Gefühle mehr für Chris, auch wenn ich es mir anders wünsche. Es liegt nicht nur daran, dass Chris mich vor ein paar Monaten betrogen hat, nein, wenn eine Beziehung in die Brüche geht, gehören immer zwei dazu.

Meine Mutter ist vor einem Jahr überraschend verstorben und kurz danach mein Vater. Sie waren meine einzigen Angehörigen gewesen. Aufgrund dessen verfiel ich in eine starke Depression. Arbeiten, geschweige denn überhaupt Mal kurz zum Einkaufen nach draußen zu gehen wurde für mich unmöglich. Erst seit vor einem Monat schaffte ich wieder aus dem Haus. Bei meiner Arbeitsstelle hatte ich die Möglichkeit, eine Wiedereingliederung zu machen. Das heißt, ich beginne mit wenigen Stunden und erhöhe die Stundenzahl dann nach und nach, bis ich wieder bei 40 Stunden pro Woche bin. Das funktioniert aktuell recht gut, aber die Maßnahme ist noch nicht komplett abgeschlossen.

Chris reagierte erst verständnisvoll auf meinen Rückzug, doch irgendwann wurde er wütend, bis er sich nach einer gewissen Zeit damit abfand. Wir verloren unsere emotionale Verbindung zueinander und er flüchtete sich in die Arme einer anderen Frau. Er trennte sich, ging zu ihr, kam nach ein paar Wochen wieder zurück und schwor, keinen Kontakt mehr zu ihr zu haben. Doch sie blieb nicht die einzige Frau. Er bekam mitten in der Nacht Anrufe auf seinem Handy und blieb öfter von zu Hause fern, ließen mich schnell erahnen, dass ich ihm einfach nicht mehr genügte. Eine Weile sagte er mir noch, wohin er ging, irgendwann hörte er aber selbst damit auf.

Manchmal verfluchte ich Chris, andere Male weinte ich aus Sehnsucht nach ihm in mein Kissen.

Phasenweise war dann wieder alles gut, wir hatten heißen Versöhnungssex, führten allgemein eine harmonische Beziehung. Danach folgte wieder ein erneuter Seitensprung bei ihm. Und dann zog ich aus, erst mal auf Probe. Es war eine Trennung auf Zeit. Ich flüchtete zu seiner Freundin. In dieser Zeit begann ich mich selber wieder zu spüren und stellte dabei fest, dass ich ihn nicht vermisste. Mein Herz tat endlich nicht mehr weh, kein Hass und keine Liebe mehr und das hatte ich ihm eben gestanden.

»Es fällt schwer, dir zu verzeihen, aber auch ich habe Fehler gemacht und mich dir gegenüber zu sehr verschlossen. Das tut mir leid. Es wird Zeit für uns getrennte Wege zu gehen. Und nein, wir sollten keine Freunde bleiben«, sage ich trocken. Ich vermeide es jedoch, ihm dabei in die Augen zu schauen.

Ich habe lange überlegt, wie ich dieses Gespräch am besten mit ihm führe. Chris neigt zu Wutausbrüchen, doch diesmal nicht. Er weint weiterhin verzweifelt und greift über den Tisch nach meiner Hand, doch ich ziehe sie vor ihm weg und schüttle den Kopf. Er heult daraufhin laut auf.

Ich amte ruhig ein und aus. Meine gepackten Taschen stehen im Flur. Chris ist vor zehn Minuten von seiner Arbeit gekommen. Es ist seine Eigentumswohnung und ich habe ihm dafür, dass ich hier wohnen durfte, Miete gezahlt. Wir hätten uns damals mehr Zeit lassen sollen, doch wir wollten nicht auf unsere Freunde hören.

Ich schiebe meinen Stuhl nach hinten und stehe auf. Chris wischt sich die Tränen aus dem Gesicht und tut es mir gleich.

Er geht auf mich zu und überlegt mich zu umarmen, doch ich weiche einen Schritt zurück.

»Chris ... Nicht. Das macht es nicht besser. Ich werde erst mal wieder zu Biggi ziehen. Die Miete werde ich dir die nächsten Monate weiter bezahlen. Ich weiß ja, dass dein Kredit noch ein paar Jahre läuft.«

Chris schnieft, wischt sich mit dem Hemdsärmel noch mal übers Gesicht, nickt dann aber.

Ich gehe in den Flur. Es ist warm draußen, ich lege meine Lederjacke über den Reisekoffer. Dann drehe ich mich noch einmal zu ihm um.

»Schreib mir, wann es dir passt, dass ich meine restlichen Sachen abhole. Wenn du möchtest, kann ich das auch machen, wenn du arbeiten bist. Die Möbel gehören ja größtenteils dir. Den Schlüssel werfe ich dir anschließend in den Briefkasten, in Ordnung?«

Chris nickt abermals. Ich sehe, dass er versucht, sich zu beherrschen, nicht wieder zu weinen.

Ich drehe mich um und öffne die Tür.

»Tamara«, flüstert er.

»Ja?«, frage ich, ohne mich noch mal umzudrehen.

»Es tut mir leid«, sagt er leise.

»Ich weiß«, antworte ich.

Nun merke auch ich, wie sich in meinen Augen Tränen sammeln. So stark, wie ich dachte, bin ich doch nicht. In Gedanken hatte ich diesen Moment schon durchgespielt, aber da erschien es irgendwie einfacher.

Schnell verlasse ich die Wohnung und lasse die Tür knallend hinter mir zufallen. Ich höre noch, wie Chris laut aufschreit vor Kummer und weint. Ich nehme meinen Koffer und gehe, so schnell es mit dem Gepäck möglich ist, durch den Hausflur nach unten. Dabei beiße ich auf meine Lippen. Dadurch schaffe ich es, meine Tränen zurückzuhalten. Eine Nachbarin kommt auf mich zu und grüßt mich. Sie ist – genauso wie Chris und ich – Anfang dreißig und wir haben öfter abends ein Glas Wein zusammen getrunken. Saskia war auch diejenige, die mich vor einer Weile fragte, ob ich in der Beziehung mit Chris glücklich wäre. Sie hatte ihn in der Stadt immer mal wieder mit anderen Frauen gesehen. Ich glaube, gegen Ende wollte Chris sogar entdeckt werden.

»Fährst du weg?«

»So ähnlich.«

»Dann alles Gute.«

»Danke.«

Als auch die Haustür hinter mir ins Schloss fällt, balle ich meine Hände zu Fäusten. Ich blinzle und will weiterhin nicht komplett in Tränen ausbrechen. Ich hatte im Laufe des letzten Jahres genug geweint.

Fünfundvierzig Minuten später.

Biggi, meine Freundin, die mit richtigem Namen Birgit heißt, empfängt mich, kurz nachdem ich bei ihr geklingelt habe, an ihrer Wohnungstür. Sie nimmt mich in den Arm und drückt mich fest. Dann nimmt sie mir meinen Koffer ab und stellt ihn zunächst in ihr Arbeitszimmer, indem sie auch eine aufblasbare Gästematratze aufgebaut hat. Darauf liegen frisch bezogene Bettwäsche und zwei Handtücher.

»Nun falle ich dir noch länger als geplant zur Last«, sage ich mit schlechtem Gewissen in der Stimme.

»Mach dir darüber keine Gedanken, ich bin froh über Gesellschaft. Als Dauersingle ist man schließlich immer alleine.«

»Verstehe«, sage ich.

»Ich werde erst mal in Ruhe auspacken und danach einen Vortrag vorbereiten. Das darf ich nicht vergessen. Dass ich das noch tun muss, ist mir vorhin beim Packen eingefallen. Den Vortrag mus ich morgen halten. Das habe ich nicht so gut getimt. Aber das wird schon irgendwie gehen.«

Biggi nickt mir zu und sagt: »Aber natürlich. Das Schwerste hast du jetzt geschafft. Und die Arbeit, so kenne ich es aus eigener Erfahrung, ist immer eine gute Ablenkung.«

»Ja ...« , sage ich leise, gehe ins Gästezimmer und schließe die Tür.

Ich Stütze mich mit dem Rücken gegen das Holz. Nun laufen doch ein paar Tränen über meine Wangen. Ich weine tonlos. Dann seufze ich und öffne meine Koffer. Ich will nicht zu lange im Kummer versinken.

Zwei Stunden später.

Biggi hat Pizza bestellt. Erst habe ich keinen Hunger, doch als ich, nachdem mich meine Freundin gerufen hatte, in die Küche komme und mir der fettige Geruch in die Nase steigt, lasse ich mich schnell vom Gegenteil überzeugen.

Wir essen zunächst schweigend. Die Küchenuhr tickt im Hintergrund. In der Wohnung über uns hört man den Fernseher. Unter uns übt jemand Klavier. Dann unterbricht Biggi die Stille.

»Und diesmal ist es endgültig?«

Ich lege das Pizzastück, von dem ich gerade abgebissen habe, zurück auf den Teller und tupfe mir mit einer Serviette den Mund ab.

»Ja, ich denke, das ist es. Ich liebe ihn nicht mehr. Es ist zu viel passiert. Aber ich will ihm nicht die ganze Schuld für die Trennung geben. Dazu gehören ja immer zwei.«

»Verstehe«, erwidert meine Freundin, aber ihr Blick sagt etwas anderes.

Bevor ich nachhaken kann, lenkt sie schnell vom Thema ab.

»Auf Netflix ist eine neue Serie verfügbar. Die Folgen beinhalten viel Action und keinerlei Liebeszeugs. Das ist bestimmt das Beste für uns am heutigen Abend.« Während sie spricht, grinst sie.

Ich muss lachen.

»Das hört sich perfekt an. Soll ich uns noch was zu Trinken besorgen? Möchtest du Sekt oder Bier?«

Biggi steht auf und geht zu ihrem Kühlschrank.

»Ich habe für alles gesorgt«, meint sie und gibt mir den Blick auf eine Sektflasche frei, die in der Seitentür steht.

»Perfekt«, sage ich.

Draußen beginnt ein Gewitter. Wir lassen uns davon aber nicht die Stimmung vermiesen. Der Film ist spannend, zwischendurch aber auch lustig. Das ist eine gute Ablenkung. Jedenfalls für den Moment.

Drei Stunden später.

Was habe ich auch erwartet? Das ich, obwohl ich mich diesmal getrennt habe, besser damit klarkomme?

Ich liege im Bett und weine, versuche aber ein lautes Aufschluchzen zu unterdrücken, damit Biggi es nicht hört. Die Matratze ist prall aufgeblasen und erzeugt seltsame Geräusche, wenn ich mich drehe. Deswegen vermeide ich es und liege flach wie ein Brett auf ihr, während die Tränen nun unaufhaltsam über mein Gesicht laufen.

An Schlaf ist nicht zu denken, außerdem sehe ich, sobald ich die Augen schließe Bilder von Chris und mir aus glücklichen Tagen. Auch wenn die schlechten Zeiten die Guten überschattet haben, hatten wir dennoch einige gute Tage.

Mein Handy vibriert. Es liegt neben mir auf dem Boden. Nun muss ich mich doch etwas drehen und strecken, um an es heranzukommen.

Chris: Ich vermisse dich.

Ich seufze und beginne eine Antwort zu tippen, schluchze dabei und lösche die getippte Nachricht kurz darauf wieder. Danach beginne ich erneut damit, eine andere Antwort zu verfassen.

Ich: Bitte, Chris. Tu das nicht.

Chris: Ich kann nicht. Bitte komm zurück. Ich verspreche, diesmal mache ich es besser. Hier ist es so leer ohne dich.

Ich: Nein, du musst nichts besser machen. Wir haben beide Fehler gemacht.

Chris: Es war dumm, mit anderen Frauen zu schlafen.

Ich: Bitte, lass uns nicht mehr darüber schreiben. Versuche, nach vorne zu schauen. Wir tun uns beide nicht mehr gut.

Chris: Es ist alles meine Schuld.

Ich: Nein, sag das nicht. Lass uns aufhören damit. Wir haben uns nicht mehr gutgetan. Und nun geht lieber jeder einen neuen Weg. Mach es gut.

Mein Handy fängt schnell hintereinander an zu vibrieren. Chris versucht, mich anzurufen. Ich seufze, überlege kurz und drücke dann den Anruf weg.

Ich: Bitte ruf mich nicht mehr an. Akzeptiere meine Entscheidung.

Chris: Das kann ich nicht. Ich liebe dich, Tamara. Und ich weiß, dass du mich auch noch liebst. Gib es zu! Lass mich mit dir reden.

Ich: Nein, Chris. Es ist vorbei. Ich werde, sobald es geht, meine Sachen abholen.

Am nächsten Morgen

Stöhnend erhebe ich mich aus meinem Bett. Ich habe das Gefühl, kein Auge zugetan zu haben. Außerdem tut mir der Rücken weh. Auf Dauer muss ich mir ein anderes Nachtlager suchen.

Gestern fühlte ich mich noch gut. Das war vor der Trennung. Jetzt schlurfe ich ins Bad. Mein Spiegelbild sieht älter aus. In der Küche klappert Biggi mit Geschirr und die Kaffeemaschine gibt Geräusche von sich. Ich seufze und beginne mich für den Tag zu richten.

Ein paar Wochen später. Mitte der Woche, kurz vor Sonnenaufgang.

Mir geht es gar nicht gut und ich habe nicht das Gefühl, dass das Unwohlsein noch etwas mit meiner Trennung zu tun hat. Oder leidet meiner Körper immer noch nach von all den unterdrückten Emotionen? Ich habe in letzte Zeit viele Lebensratgeber gelesen. Dadurch wurde mir klar, wie lange ich nicht auf meine innere Balance geachtet habe. Dass mein

Ex-Freund noch dazu fremd ging, kam dann noch hinzu.

Ich wälze mich auf der Gästematratze hin und her. Wann ich das letzte Mal eine Nacht durchgeschlafen habe, daran kann ich mich nicht mehr erinnern. Seit zwei Wochen schwitze ich extrem, aber ich habe kein Fieber. Meine Periode ist ausgeblieben. Vor einer Woche war ich bei meiner Frauenärztin, um eine Schwangerschaft auszuschließen.

Das hätte mir gerade noch gefehlt. Frisch getrennt und dann auch noch schwanger.

Chris versucht mich immer noch regelmäßig anzurufen und schreibt mir mehrmals täglich Textnachrichten. Ich schiebe es noch vor mir her, meine Sachen aus seiner Wohnung abzuholen. Immerhin habe ich inzwischen einen Nachsendeauftrag bei der Post einrichten lassen.

Durch das geöffnete Fenster höre ich die Kirchturmuhr dreimal läuten. Seufzend stehe ich auf und begebe mich in die Küche. Ich weiß, dass es ab diesem Zeitpunkt für mich nicht mehr möglich ist, überhaupt noch einzuschlafen. Immerhin muss ich seit drei Tagen nicht mehr weinen. Zudem schaffe ich es auch immer länger zu arbeiten. Im Berufsleben kehrt somit schon mal wieder so etwas wie ein Rhythmus ein.

Biggi arbeitet als Krankenschwester in einem Krankenhaus und macht meistens Nachtschichten. Sie hat sich die Dienstzeiten freiwillig ausgesucht. Da sie schon ewig alleine ist, meint sie, dass es kein Problem für sie wäre, fast jede Nacht zu arbeiten und den halben Tag zu verschlafen.

Ich hole den Wasserbehälter aus der Kaffeemaschine und fülle ihn mit Wasser. Nachdem ich das Pulver in den Trichter gekippt habe, mache ich mich auf den Weg ins Bad. In zwei Stunden kommt meine Freundin von der Nachtschicht nach Hause. Ich werde mich dann kurz danach auf den Weg zu meinem Job machen.

Ich arbeite nun 30 Stunden in der Woche, das ist in Ordnung für mich. Ab und an lege ich mich nachmittags nach der Arbeit noch mal hin, fühle mich aber nach dem kurzen Mittagsschlaf eher noch erschöpfter als vorher. Während der Arbeit geht es einigermaßen. Dort bin ich gut abgelenkt und meine Kolleginnen und mein Chef schätzen mich.

Als ich aus dem Bad komme, ist der Kaffee durchgelaufen. Mit einer dampfenden Kaffeetasse setze ich mich an den Tisch. Mir ist in letzter Zeit häufig übel, ich habe öfter mit ziehenden Schmerzen im Becken zu kämpfen und beim Wasserlassen verspüre ich Brennen, aber meine Ärztin meinte, ich hätte keine Blasenentzündung.

Und wenn es noch zu früh war, um eine Schwangerschaft festzustellen? Das hört man doch immer wieder?

Kurz bevor ich das Haus verlasse, klingelt mein Handy. Heute werde ich nicht zur Arbeit gehen, aber das weiß ich in diesem Moment noch nicht.

Es ist keine Blasenentzündung und schwanger bin ich auch nicht. Mit dem, was ich habe, habe ich überhaupt nicht gerechnet. Ich erhalte die Diagnose Krebs. Ich melde mich bei der Arbeit krank, behaupte, ich hätte einen Magen-Darm-Virus.

Ob ich Chris Bescheid sagen soll?

Stumm sitze ich eine Weile nur am Tisch und starre nur in die Luft. Ich versuche, einen klaren Gedanken zu fassen, aber es klappt nicht. Ich fühle mich wie in Watte gepackt. Ich war noch nie in meinem Leben ernsthaft krank. Und nun wird vermutet, dass ich Krebs habe. Eine genetische Disposition dafür habe ich nicht.

Meine Welt bleibt stehen.

Biggi reißt mich aus den Gedanken. Sie fragt mich etwas und rüttelt an meiner Schulter, als ich nicht reagiere. Ich sehe, dass sie redet, verstehe aber kein Wort. Ich will es ihr erzählen, mein Mund klappt auf und zu, aber ich schaffe es nicht zu sprechen. Dann rollen mir Tränen über die Wangen und ich lege meine Arme um ihren Hals, um mich an ihr festzuhalten. Durch meine Tränen werden ihr Nacken und ihre Schulter nass. Es dauert eine Ewigkeit, bis ich mich beruhigt habe. Dann erzähle ich ihr von der Vermutung, von dem Anruf meiner Ärztin und dass ich ins Krankenhaus muss.

»Ich verstehe, dass du Angst hast. Soll ich dich begleiten? Ich kenne ein paar Kollegen, die in diesem Krankenhaus arbeiten. Vor einer Ewigkeit habe ich mit ihnen zusammengearbeitet«, redet sie beruhigend auf mich ein.

Wir sitzen nun nebeneinander und sie streicht mir über den Arm.

Ich fühle mich so hilflos.

»Soll ich Chris anrufen?«, fragt sie zögernd.

Ich schaue sie an, zögere, dann antworte ich:

»Ich weiß nicht ...«

»Das musst du auch nicht jetzt entscheiden.«

Mir kommen die Tränen.

»Und wenn ich nicht wieder gesund werde? Wenn ich daran ...«

Sterbe.

Ich fange bitterlich an zu weinen und mein ganzer Körper beginnt zu zittert.

»Denk nicht so. Alles wird gut. Jetzt musst du an dich denken. Du wirst wieder gesund!«

Ich atme ein paar Mal tief durch. Dann wische ich mir die Tränen fort und nicke meiner Freundin zu.

»Du hast recht«, sage ich nach einer Weile mit zittriger Stimme. »Ich werde wieder gesund.«

Dabei schaue ich Biggi an und sie nickt mir bekräftigend zu.

Als könnte er meine Gedanken lesen, erhalte ich im gleichen Moment eine Nachricht von Chris.

Zwei Monate später. Samstagvormittags vor Chris Wohnung.

Biggi hat Chris nicht geschrieben, geschweige denn etwas von meiner Krankheit erzählt. Ich stehe unten auf dem Parkplatz vor seinem Wohnhaus und schaue nach oben. Er steht an einem Fenster, winkt mir zu und lächelt dabei hoffnungsvoll. Die Wohnung befindet sich im zweiten Obergeschoss. Ich habe vorgeschlagen, dass ich heute vorbei komme. Nicht um meine Sachen zu holen, sondern um noch einmal mit ihm zu reden.

Seit einer Woche darf ich wieder arbeiten. Meine Narbe ist gut verheilt. Ich hatte eine bösartige Gewebeveränderung im Gebärmutterhals. Hätte man die Veränderung erst in ein paar Monaten entdeckt, wäre der Krebs weiter hochgewandert gewesen und hätte eventuell noch andere Organe befallen. Doch ich hatte Glück im Unglück.

Während der Genesung hatte ich viel Zeit nachzudenken. Ich dachte über mich, was mich glücklich macht und was nicht und natürlich auch über Chris und mich nach. Ich überlegte, wie ich mir meine Zukunft vorstellte und welche Ziele ich im Leben habe. Chris tauchte dabei immer mit auf.

Ein paar Minuten später.

Ich habe Brötchen mitgebracht. Wir haben uns zum Frühstück verabredet. Es war mein Vorschlag, ich wollte damit die Stimmung etwas aufzulockern. Chris gießt mir einen Kaffee ein und schäumt Milch auf. Ich räume die Brötchen von der Tüte in den Brotkorb, der Tisch ist schon gedeckt. Ich gehe zum Herd und nehme den Topf, in dem unsere Frühstückseier vor sich hinköcheln, von der Herdplatte und schrecke sie im Waschbecken mit kaltem Wasser ab. Hierfür lege ich sie in ein Sieb.

Es ist fast wie früher, denke ich. Als hätte sich nichts geändert. Als wären wir nie getrennt gewesen.

Zunächst essen wir schweigend. Als ich fertig bin, fange ich an zu reden: »Chris, du weißt, dass wir schon öfters an diesem Punkt waren.«

Mein Ex-Freund nickt. Ich sehe, dass er überlegt, etwas zu sagen, doch er schaut mir nur tief in die Augen. Sein Blick wirkt flehend.

»Mir ging es die letzten Monate nicht gut und das lag nicht nur an unserer Trennung. Ich habe die letzten Jahre wohl nicht gut genug auf mich geachtet, ich habe mir vorgenommen, dass sich das ab jetzt ändern sollte.«

Chris legt die Stirn in Falten.

»Warst du krank?«

Nun nicke ich.

Seine Stimme zittert, er greift nach meiner Hand, er wird bleich.

»Oh Gott, Tamara. War es was Schlimmes? Warum hast du dich nicht bei mir gemeldet? Ich habe so oft an dich gedacht und mich gefragt, ob es dir gut geht. Ich liebe dich immer noch. Haben wir noch eine Chance?«, sprudelt es aus ihm heraus.

Ich seufze, lächle dann sanft und ziehe meine Hand zurück und nicke.

»Ich dich auch, Chris. Es muss sich einiges ändern. Ob wir eine gemeinsame Zukunft haben, wird die Zeit zeigen.«

7. Das letzte Mal

Die Geschichte von Rachel

Rachel:

Mittags. In Rachels Wohnung.

Er stinkt stark nach Schweiß. Ich liege neben ihm im Bett und sehe, dass er Haare in der Nase hat und auch aus seinen Ohren sprießen welche. Ich schüttle mich angewidert, ziehe eine der Decken über meine Schultern und laufe damit barfuß in die Küche, um mir einen Kaffee zu holen. Während die Kaffeemaschine sich aufheizt, denke ich darüber nach, warum ich eigentlich immer wieder mit Kerlen, die ich in der Diskothek kennenlerne, direkt ins Bett steige. Wahrscheinlich ist der Alkohol in meinem Blut schuld und ich versuche beim späteren Sex mein Ego zu steigern. Dieses flaut aber meist wieder ab, sobald ich am nächsten Morgen aufwach und die Typen nüchtern und bei Tageslicht sehe.

Ich seufze, kippe drei Löffel Zucker in den Kaffee und fülle die halbe Tasse mit Milch. Süß und blond, so mag ich meinen Kaffee am liebsten. Und so sehen mich auch die Männer. Meine Haare sind gefärbt, aber meine Stupsnase mit den Sommersprossen und mein jugendlicher Kleidungsstil, bestehend aus engen T-Shirts, Jeansjacke und kurzem Rock, lassen mich kindlich wirken. Letzte Woche bin ich 30 geworden.

Ich streiche über meinen Bauch. Bald setzt meine Periode ein, so vermute ich. Ich spüre das bekannte Ziehen im Unterleib und der leise, welche die Monatsblutung ankündigt. Ab und an strahlt der leichte Schmerz bis in die Hüfte aus.

Mein Handy habe ich gestern auf dem Küchentisch abgelegt, bevor wir es anschließend auf dem Wohnzimmerteppich getrieben haben. Ich hebe etwas die Decke über meinen Schultern an, dabei spüre ich einige Hautabschürfungen am Rücken. Gestern hatte ich noch nichts davon bemerkt.

Ich lasse mich auf einen Stuhl am Tisch sinken und schlürfe den heißen Kaffee. Die Schlafzimmertür habe ich angelehnt. Ich höre meinen Übernachtungsgast schnarchen.

Hoffentlich will er nicht noch zum Frühstück bleiben. Ich esse doch am liebsten alleine.

Ein paar Minuten später.

Leider wird meine Hoffnung nicht erfüllt. Ich hatte gerade meinen Kaffee ausgetrunken, als er in der Tür steht und mir entgegen grinst.

Wie hieß er noch mal? Oh man kann er sich nicht anziehen? Gestern hatte er noch nicht so einen dicken Bauch.

Und woher kommen auf einmal die ganzen Haare auf seiner Brust?

Ich simuliere ein Lächeln und versuche damit meine Abneigung gegen sein Aussehen zu überspielen.

»Hey du«, sagt er und kommt auf mich zu.

Er will mir einen Kuss auf den Mund geben. Schnell drehe ich mein Gesicht weg. Seine Lippen landen auf meinem Ohr.

»Huch, hey. Du bist ja schon wach«, erwidere ich erstaunt.

Enttäuschung spiegelt sich in seinem Blick. Er räuspert sich.

»Ja ...«, sagt er zögernd.

Dann schaut er zu Boden.

»Ich habe ganz vergessen, dass ich einem Kumpel noch beim Umzug helfen wollte.«

Ich nicke.

»Willst du noch einen Kaffee oder Frühstück?«, frage ich eher als Floskel, stehe auf und öffne den Kühlschrank.

Er ist so gut wie leer, außer einer Milchpackung, zwei Tomaten, einer offenen Thunfischdose und einem Apfel habe ich nichts, was ich ihm anbieten könnte.

Der Typ ist ein Stück näher gekommen und schaut über meine Schulter.

»Ne, lass mal. Ich hole mir was unterwegs. Aber danke. Ich gehe mal ins Bad.«

»Klar, vorne rechts.«

Er nickt und vermeidet es, mich nochmals anzusehen.

Zehn Minuten später steht er erneut vor mir. Wir sind beide angezogen. Mit etwas Wasser hat er versucht, seine Schlaffrisur zu bändigen.

Oh man, er hat aber auch einen Zinken im Gesicht. Und Poren so groß wie Krater. Hat er Segelohren?

»Na dann ...«, murmelt er.

»Ja ... Es war nett mit dir.«

Puh, das klingt total abgedroschen, aber ich kann so was nicht. Bisher waren die Kerle, die ich gevögelt habe, schon vor mir wach und sind ganz leise aus meiner Wohnung geflüchtet. Das war mir bisher auch ganz recht gewesen.

Er legt seine Stirn in Falten, räuspert sich wieder und hustet. Puh, Wodka- und Kippengeruch riechen am Morgen danach echt nicht feierlich. Warum muss er mir das ins Gesicht pusten?

Noch einmal schaut er sich um, fühlt in seiner Gesäßtasche nach seinem Geldbeutel und in einer Hosentasche nach seinem Smartphone. Dann nickt er.

»Ich bin dann Mal weg«, sagt er selbstsicher und schiebt sich danach schnell an mir vorbei.

Ich verkneife mir zu sagen, dass er ja meine Nummer hat und sich melden kann, wenn er Bedarf hat. Doch ich hoffe, dass es kein zweites Treffen geben wird. Ich bete, dass es auf Gegenseitigkeit beruhigt, dass wir uns nie wieder sehen werden.

Erleichtert höre ich kurz darauf die Haustür im Erdgeschoss ins Schloss fallen.

Dann mache ich mich auf den Weg ins Schlafzimmer. Dort riecht es wie in einem Paviankäfig.

Schwungvoll reiße ich das Fenster zum Lüften auf, bleibe einen Moment am offenen Fenster stehen, schließe die Augen und atme die kalte Winterluft ein. Es riecht nach Schnee. Der Wetterbericht hat für heute Nacht welchen angesagt, doch bisher sind noch keine weißen Flocken vom Himmel gefallen. Bald darauf fange ich an zu frösteln, deshalb schließe ich das Fenster, drehe mich um und gehe aufs Bett zu. Der muffige Geruch von ihm und dem Alkohol von gestern Nacht sind aus dem Zimmer verschwunden. Aber der Gestank hängt in den Laken.

Ich beginne das Betttuch abzuziehen. Das mache ich jedes Mal, wenn ich männlichen Besuch hatte. Die Bettwäsche ist schnell entfernt. Ich werfe das Steppbett und das Kissen auf einen Stuhl, der links neben dem Bett steht.

Plötzlich stutze ich. Mir wird schlecht. Die Hälfte des Lakens ist mit Blutspritzern überzogen.

Zehn Tage später.

Nach meinem letzten Besuch habe ich niemand mehr von der Disco mit nach Hause genommen. Am Abend hatte meine Periode eingesetzt und bis heute hatte die Blutung nicht aufgehört, sie war die letzten Stunden sogar noch stärker geworden. Ich sitze im Wartezimmer meiner Frauenärztin und knete nervös meine Finger, dabei drücke ich so fest zu, dass sie knacken. Eine ältere Frau neben mir schaut mich strafend an. Ich zucke entschuldigend die Schultern und höre damit auf.

Als Ausgleich beginne ich an meinen Nägeln zu kauen. Wieder spüre ich einen tadelnden Blick auf mir. Ich schaue die alte Frau erneut an, lasse meine Hände in meinen Schoß sinken und seufze auf. Meine Sitznachbarin streicht mir über einen Arm und fragt: »Bist du überfällig, Mädchen? Das ist doch heutzutage keine Schande mehr.«

»Ne ...«, nuschle ich.

»Du brauchst ein neues Rezept für die Pille?«, hakt sie weiter nach.

Ich schüttle den Kopf.

Die alte Dame schweigt, schaut verträumt aus dem Fenster, welches sich auf der gegenüberliegenden Seite des Raumes befindet.

»Bist du schon schwanger und willst es nicht?«, flüstert mir meine Sitznachbarin zu.

Ich schaue sie entgeistert an.

»Sie sind ziemlich neugierig«, antworte ich und hoffe damit das Gespräch beenden zu können.

Nun zuckt die Alte die Schultern. Sie greift in eine große Lederhandtasche, die sie auf ihrem Schoß abgestellt hat und holt ein Rätselheft und einen Stift hervor.

»Man kann ja wohl mal fragen. Ihr jungen Leute seid aber auch empfindlich. Dabei wollte ich mich einfach nur unterhalten«, nuschelt sie in ihr Heft, das sie nun aufgeschlagen hat.

Ich seufze. So Vorwürfe kenne ich von meiner Mutter nur zu gut. Seit ich meinen Verlobten vor drei Jahren vorm Altar stehen gelassen habe, redet sie kein Wort mehr mit mir. Schließlich hatte sie uns miteinander bekannt gemacht. Er war der Sohn ihrer besten Freundin.

Ich schweife gedanklich in die Vergangenheit ab.

Anfangs liebte ich Rainer, aber irgendwann war die Luft raus. Dies wurde mir jedoch erst kurz vor dem Ja-Wort in der Kirche bewusst. Er hatte schon mit Mi – te zwanzig eine Sonnenscheinglatze bekommen und war einfach zu gut für mich. Er gab jedem meiner Wünsche nach und er vermied es zu streiten, indem er jede aufflammende Diskussion beendete, indem er mir recht gab – auch wenn ich ihn immer wieder provozierte. Gerade gegen Ende, ich wollte, dass er mich verließ, langweilte ich mich in der Beziehung. Ich traute mich aber nicht, dies auszusprechen und hoffte, dass er mir den Gefallen tat und Schluss machte. Aber Rainer liebte mich, egal wie eklig ich zu ihm war und machte mir damals im Urlaub auf Kreta einen Heiratsantrag. Ich ließ mich zunächst darauf ein. Aber ein halbes Jahr später, am Tag der Hochzeit gab ich meinen negativen Gefühlen gegenüber ihm und der Beziehung nach und lies die Hochzeit platzen.

Das Timing, zehn Minuten vor dem Ja - Wort, war mehr als schlecht gewesen. Als Wiedergutmachung hatte ich alle anfallenden Kosten bezahlt. Und was tat Rainer? Er versuchte mich immer wieder anzurufen, schrieb mir E-Mails und Briefe. Ich reagierte auf keinen davon. Irgendwann änderte ich meine E-Mail-Adresse, wechselte meine Handynummer und zog um. Seitdem habe ich nichts mehr von ihm gehört.

Mein Vater schreibt mir ab und zu über Facebook und fragt, wie es mir geht. Ich antworte ihm knapp. Ich weiß, dass er ein Spion meiner Mutter ist.

Dass ich an den Feiertagen nicht nach Hause kommen kann, so erkläre ich ihm immer, läge an meiner Arbeit. Ich sitze lieber alleine zu Hause, bemitleide mich selbst und betrinke mich, anstatt bei ihnen zu sein.

Das Räuspern der alten Frau neben mir bringt mich wieder in die Gegenwart zurück. Sie schiebt mit ihrer Zunge ihre Prothese hin und her.

Ich bin gelernte Zahntechnikerin und erkenne, dass diese wohl nicht korrekt passt. Ich öffne den Mund, um sie darauf hinzuweisen, im gleichen Moment ruft die Sprechstundenhilfe mich auf.

Im Behandlungsraum.

»Haben Sie wechselnde Sexualpartner?«, fragt mich die Ärztin.

Ich schaue sie perplex an.

Warum sind heute alle so direkt zu mir?

»Nein, ja ... Kann sein«, antworte ich stotternd.

Die Ärztin nickt.

»Ich mache den Pap-Abstrich. Bisher habe ich keine eindeutige Erklärung für Ihre starken Blutungen. Haben Sie mehr Schmerzen als sonst? Wann war ihre letzte Periode?«

Ich denke nach, mir will es aber nicht einfallen, ich nuschle etwas.

»Wie bitte?«, fragt die Ärztin.

»Ich weiß es nicht. Aber die war auf jeden Fall nicht so stark wie diese«, versuche ich mit fester Stimme zu sagen.

»Eine Zyste kann ich nicht ertasten. Auch auf dem Ultraschall war nichts zu sehen. Dann müssen wir das Labor abwarten. Mehr kann ich ihnen im Moment leider nicht helfen. Tut mir leid.«

Ich seufze und stehe von dem Stuhl, der ihr gegenüber steht, auf.

»Danke«, sage ich leise und sie gibt mir zum Abschied die Hand.

Draußen schmilzt der Schnee der letzten Tage. Es sah aus wie in einem Winterwunderland. Heute habe ich frei. Ich versuche mich mit Bummeln in der Stadt etwas abzulenken.

Später fahre ich ohne etwas gekauft zu haben nach Hause.

Drei Wochen später.

Ich habe das HPV-Virus. Es wird durch Geschlechtsverkehr übertragen. Seit ich davon weiß, habe ich viel darüber gelesen.

Meine Werte sind verändert. Diesen Virus kann man sich bei wechselnden Partnern einfangen und er braucht ungefähr zehn Jahre, bis er ausbricht. Bisher müssen meine Werte nur weiter beobachtet werden, meint meine Ärztin.

Ich bin zu Hause. Bisher bin ich nicht ernsthaft krank, doch die Diagnose hat mich trotzdem geschockt. Der Virus kann dazu führen, dass sich das Gewebe so weit verändert, dass Tumore entstehen können. Gut- wie bösartige.

Mein Chef hat nicht gefragt, was los ist, er hat nur gemerkt, dass ich im Moment nicht besonders konzentriert arbeite. Da ich aber die Monate davor oft Überstunden gemacht habe, hat er mir Ende letzter Woche angeboten, diese abzubauen. Nun liege ich hier in meinem Bett. Fast Tag und Nacht. Nur wenn ich etwas zu Essen benötige, gehe ich aus dem Haus.

Seit Jahren war ich in jeder freien Minute unterwegs gewesen. Entweder war ich bis zur Erschöpfung joggen oder ich war an den Wochenenden jede Nacht feiern. Doch irgendwie ist mir nicht mehr danach. Ich spüre die Einsamkeit und es tut weh. Aber ich weiß auch, dass es wichtig für mich ist, um mein Leben wieder neu zu ordnen. Hin und wieder schlafe ich auch noch mal ein paar Stunden am Nachmittag. Vor einer Weile konnte ich schon froh sein, wenn es mehr als fünf Stunden waren. Auch wenn ich erst seit ein paar Stunden wach bin, überkommt mich schon wieder Müdigkeit. Erst kämpfe ich gegen sie an, doch dann gebe ich ihr bald darauf erneut nach.

Ich träume von meiner geplatzten Hochzeit. Abermals renne ich ohne Begründung aus der Kirche.

Als ich später aufwache, fühle ich mich mit einem Mal besser. Ich schaue auf mein Handy, das ich auf meinem Nachttisch abgelegt habe. Ein verpasster Anruf von der Festnetznummer meiner Eltern wird mir angezeigt. Diesmal bekomme ich bei dem Anblick keine Bauchschmerzen. Ich werde morgen meine Mutter anrufen. Es wird Zeit. Und noch etwas habe ich vor.

Ich stehe auf, strecke mich und setze mich an meinen kleinen Schreibtisch, der in meinem Wohnzimmer am Fenster steht. Aus einer Schublade hole ich Papier und einen Stift hervor. Dann beginne ich einen Brief zu schreiben. Dabei lächle ich. Meine Schrift, welche die letzte Zeit sehr dünn war, ist nun selbstsicher und deutlich sichtbar. Als ich fertig bin, stecke ich den Brief in einen Umschlag und schreibe Rainers Adresse darauf. Dann klebe ich eine Briefmarke darauf.

Ich gehe ins Schlafzimmer, ziehe seit Tagen endlich mal wieder richtige Kleidung an, nehme den Brief und verlasse das Haus.

Erleichtert seufze ich auf, als der Brief kurz darauf in den Postkasten nahe meiner Wohnung fällt.

Zwei Wochen später. In einem kleinen Café am Stadtrand.

Von meinen alten Partyfreunden habe ich, seit ich vor einer Woche zu ihnen gesagt habe, dass ich keine Lust mehr auf Ausgehen und zu viel Alkohol habe, nichts mehr gehört. Aber ich bin nicht traurig deswegen. Ich fühle mich seitdem viel vitaler und besser. Und auch mein Schlaf pendelt sich so langsam wieder in einem normalen Rhythmus ein.

Ich sitze in einem Café, welches im Vintage-Stil eingerichtet ist, an einem Tisch. Vor mir steht ein Cappuccino und ich warte auf Rainer. Kurz darauf sehe ich ihn schon zur Tür hereinkommen und zielgerichtet auf meinen Tisch zusteuern. Er lächelt mich an. Ich lächle zurück. Er hat sich kein Stück verändert.

»Hey, schön dich zu sehen«, begrüßt er mich.

»Ich freue mich auch, dich zu sehen. Danke, dass du so schnell auf meinen Brief geantwortet hast.«

Rainer nickt und lässt sich auf dem Stuhl mir gegenüber nieder.

»Willst du nicht deine Jacke ausziehen?«

»Oh, ja natürlich«, sagt er grinsend, steht noch mal auf, zieht die Jacke aus und hängt sie über die Lehnen seines Stuhles.

Die Kellnerin kommt an unseren Tisch und nimmt seine Bestellung auf.

»Und, wie ist es dir die letzten Jahre so ergangen, Rachel?«, beginnt mein ehemaliger Verlobter kurz darauf die Konservation.

»Ach ... Ganz gut soweit,«, lüge ich.

Aber richtig gut geht es mir erst, seit ich beschlossen habe, wieder bewusster zu leben.

»Und dir?«, frage ich zurück.

Er grinst mich an. Dann greift er über den Tisch nach meiner Hand.

»Rachel, ich habe immer wieder an dich denken müssen.«

In meinen Fingern fängt es an zu kribbeln. Er schaut mich direkt an, ich erwidere seinen Blick.

»Oh ...«, entfährt es mir.

»Ja ...«, haucht er.

Die Kellnerin stellt einen Latte Macchiato vor ihn auf den Tisch, wir nehmen sie gar nicht wahr. Auch die Geräusche um uns herum erscheinen mir weit entfernt. Wir sagen eine Weile gar nichts. Aber es fühlt sich nicht schlecht an.

»Ich habe dir ganz schön wehgetan«, entfährt es mir kurz darauf.

Rainer hört auf zu lächeln und zieht seine Hand weg.

»Ja, ich habe lange gebraucht, um dir zu verzeihen. Anfangs habe ich dich sehr vermisst. Dann, als du nicht auf meine unzähligen Nachrichten geantwortet hast, wurde ich wütend. Und eines Morgens bin ich aufgewacht und es ging mir einfach wieder gut«, seine Stimme wirkt auf einmal hart.

Ich schlucke.

»Aber«, setzt er wieder an, »vielleicht haben wir den Abstand auch gebraucht. Wir waren damals noch sehr jung. Lass uns noch mal von vorne beginnen. Hallo, ich bin Rainer. Und du bist Rachel, nicht wahr?«, grinst er mich an und streckt mir über den Tisch seine Hand entgegen.

Seine blauen Augen leuchten und er hat mit einem Mal eine Ausstrahlung, die ihn für mich gar nicht mehr langweilig erscheinen lässt. Ich erwidere sein Lächeln und seinen Händedruck. Vielleicht werden wir gute Freunde oder noch mal ein Paar. Das weiß ich noch nicht. Es spielt aber auch keine Rolle, für uns beginnt in diesem Moment ein neues Kapitel und das ist das Einzige, was zählt.

Nachwort

Lieber Leser, liebe Leserin,

ich freue mich sehr, dass Du meinen Kurzgeschichten-band beendet hast. Alle Geschichten sind nicht so, wie ich sie niedergeschrieben habe, im realen Leben passiert. Sie sind eine Mischung aus meinen eigenen Erfahrungen, Erzählungen mit Gleichgesinnten und Fiktion.

Auf den nächsten Seiten möchte ich dir erklären, warum mir auch fünf Jahre nach meiner Diagnose und Heilung das Thema Gebärmutterhalskrebs wichtig ist. Da ich keine Ärztin und auch keine Psychologien bin, sind meine Worte nicht wissenschaftlich belegt. Es ist meine Sicht der Dinge, die durch das, was ich erlebt habe, geprägt wurden. Ich hoffe damit Frauen, die in einer ähnlichen Situation sind, Mut machen zu können und ihnen eine Gelegenheit zu geben, die Entstehung ihrer Krankheit besser verstehen zu könne. Vielleicht bist du ja eine von ihnen?

Meine Krankheitsgeschichte:

Ich war auf der Arbeit, als ich die ersten Ergebnisse von meiner Frauenärztin erhielt. Danach folgten eine Kolposkopie und eine Konisation, bei der mir mit einem Kegelschnitt ein mikroinvasiver Tumor entfernt wurde. Damals war ich 33 Jahre alt und trug einen sehr großen Kinderwunsch in mir. Es war aber bisher noch nicht der richtige Zeitpunkt gewesen, um eine Familie zu gründen. Die Diagnose Gebärmutterhalskrebs warf mich aus der Bahn.

Nach der OP war ich für den Chirurgen und das Krankenhaus geheilt. Meine Frauenärztin sah dies anders und bestellte mich trotz der wieder guten Werten immer noch sehr engmaschig in ihre Praxis. Alle drei Monate erhielt ich nach der Untersuchung einen Brief, in dem stand, dass meine Werte gut sind und kein Verdacht auf Krebs besteht. Ich möchte mich hiermit auch bei Frau Dr. Berens und Ihrem Team bedanken. Auch heute fühle ich mich bei ihr sehr gut betreut.

Nach einem Monat ging ich wieder arbeiten, aber es war nichts wie vorher. Ich hatte das Gefühl, alles durch eine Blase wahrzunehmen.

Bei Treffen mit Freunden schien es mir, als wäre ich nur körperlich anwesend. Mein Herz hatte sich durch das Erlebte verschlossen und ich brauchte knapp ein Jahr, bis ich wieder wirklich bewusst lebte. Ab diesem Zeitpunkt begann ich mich damit zu beschäftigen, wie dazu gekommen war, dass diese bösartige Wucherung in meinem Körper entstanden ist. Ich begann meine Ernährung umzustellen, vermied Mal mehr Mal weniger Fleisch, Alkohol und Kuhmilchprodukte. Aber in meinem Inneren merkte ich, dass dies nicht reichte, um ganzheitlich zu heilen.

Einfluss von Medikamenten/Monatshygiene:

Ich beschäftigte mich mehr mit der Pille. Aus einem Bauchgefühl heraus hatte ich sie kurz vor meiner OP abgesetzt. Eine Woche nach meiner OP setzte meine Periode besonders stark ein. Allgemein litt ich zunächst unter sehr starken Schmerzen während meiner monatlichen Blutungen und dem Eisprung. Doch ich hielt durch und wechselte von Tampons und Binden zu einer Menstruationstasse. Endlich bekam ich nach vielen Jahren wieder ein Gefühl für meine Periode.

Vor der OP hatte ich Schmerzen im Becken und die Blutung war drei Monate ausgeblieben. Ich lernte, dass vor allem Stress meine Schmerzen begünstigte und versuchte, mir häufiger Auszeiten zu gönnen. Nichtsdestotrotz hatte ich das Gefühl, das die Pille meinen Zyklus mehr als durcheinandergebracht hat. Durch Recherchen erfuhr ich, dass die Pille in einigen Fällen für Krebs in den weiblichen Geschlechtsorganen verantwortlich sein soll. Ich schätzte meine weibliche Seite wieder mehr und nahm meine Periode als etwas Gutes an. Jeden Monat bedanke ich mich bei meinem Körper, wenn diese pünktlich und so wie ich es gewohnt bin, eintritt.

Ernährung:

Ich achtete auf eine gesunde Ernährung, aber ich fiel auch immer mal wieder zurück in alte Essgewohnheiten. Doch heute weiß ich, dass das in Ordnung ist und gestehe es mir zu. Es gibt Menschen, die nach einer Krebserkrankung vegan leben und meinen, deswegen gehe es ihnen nun besser. Ich sehe das etwas anders, denn meiner Erfahrung nach ist die Ernährung nur eine Säule von vielen. Ich nehme viel Obst und Gemüse zu mir, Fleisch und Kuhmilchprodukte in Maßen. Mehr Geflügel als rotes Fleisch und ja, ich esse auch mal vegane Speisen, weil sie abwechslungsreich sind oder kombiniere sie. Doch ab und an gönne ich mir auch mit gutem Gewissen Fast Food. Weizen und Industriezucker versuche ich ab und an durch Alternativen zu ersetzen, das lebe ich aber auch nicht zu streng. Denn Essen ist für mich Genuss und Freude am Leben. Auch eine histaminarme Ernährung fördert hin und wieder mein Wohlbefinden.

Die Säulen:

Zu den oben angedeuteten Säulen zählen: Richtige Atmung, ausgewogene Ernährung, innere Balance und mentale Stabilität. Um das alles zu verstehen und vollkommen umzusetzen, brauchte ich aber noch ein paar Jahre länger. Richtig bewusst wurde mir dieser Punkt erst beim Schreiben dieser Geschichten. Ulrike Pollak, welche meine Tante und Coach für Frauen und Kinder ist, verhalf mir zu diesen Erkenntnissen.

Zweite Chance:

Ich sehe meine Erkrankung als eine Art zweite Chance. Auch wenn ich keine Chemo hatte, hat mich meine eigene Geschichte sehr geprägt. Auch heute arbeite ich noch weiter an mir. Aktuell beschäftigen mich aber hauptsächlich meine innere Balance und die mentale Stabilität.

Sport und Atmung:

Lange war ich nicht der sportliche Typ, doch ich habe gemerkt, wie wichtig Bewegung ist, um den stressigen Alltag beruflich wie privat zu meistern. Yoga und Rudern an einer Maschine sind mein persönlicher Ausgleich und tun Körper und Seele gut.

Körperliche Genesung:

Meine Werte sind seit Sommer 2016 stabil. Trotzdem achte ich gut auf mich und lege sehr großen Wert auf Vorsorgeuntersuchungen. Mein Chirurg und meine Ärztin empfahlen mir, nach der OP gegen den HPV-Virus impfen zu lassen. Eigentlich soll dies nichts mehr nützen, ich wurde aber eines Besseren belehrt und glaube auch, dass ich damit das Risiko senken konnte, nochmals an dieser Krebsart zu erkranken.

Selbstliebe/eigene Bedürfnisse:

Dies ist ein Thema, das mich immer wieder beschäftigt. Ich bekomme bei mir, aber auch anderen Frauen jeglichen Alters mit, wie schwer es fällt, auf die eigenen Bedürfnisse zu achten und sich selbst zu lieben. Ich kann dafür kein Patentrezept geben, denn auch ich suche hier immer wieder neue Wege für mich.

Pessimismus:

Auch dieser spielt meiner Meinung nach beim Ausbruch einer Krankheit eine große Rolle. Jeder Tag bietet eine neue Chance, es besser zu machen!

Nur du kannst dich ändern!

Fällt es dir auch manchmal schwer, das zu akzeptieren? Aber es ist der einzige Weg, um dauerhaft glücklich zu sein.

Akzeptanz/Neid:

Höher, schneller, weiter, bist du auch neidisch auf deine Kollegin, Nachbarin, Freundin? Lass das sein. Akzeptiere und schätze, was du hast. Höre auf, dich mit anderen zu vergleichen. Du bist gut so, wie du bist!

Stärke:

Als Kind dachte ich immer, ich schaffe das alles nicht so gut wie meine Geschwister und Mitschüler und Freundinnen. Heute weiß ich es besser. Ich muss es nicht so gut schaffen, sondern ich schaffe es gut genug für mich! Und wie siehst du das?

Falsche Glaubenssätze:

Die hat jeder von uns. Aber ich habe eine gute Nachricht, du kannst es schaffen, dem inneren Kritiker die Kraft zu nehmen. Viele falsche Glaubenssätze haben sich in Form von negativen Gefühlen in uns manifestiert. Doch als Erwachsener haben wir die Möglichkeit, diese aufzulösen. Auch du kannst das schaffen!

Dem Leben einen Sinn geben:

Ich suche noch danach, aber ich bin davon überzeugt, ich werde diesen Sinn eines Tages finden. Ob es sein wird, dass ich weiter nebenberuflich als Schriftstellerin tätig bin oder dass ich eine eigene Familie gründe, das weiß ich noch nicht. Vielleicht ist auch beides möglich?

Aber bei einer Sache bin ich mir sicher, dieses Buch zu schreiben und das du es nun gelesen hast, das hatte auf jeden Fall einen Sinn.

Bleib gesund und pass gut auf dich auf!

Kontakt

Möchtest Du mehr über mich und meine Bücher erfahren? Dann schau doch einfach auf meine Homepage oder folge mir auf Facebook und Instagram unter:

www.jillian-black.com

https://www.facebook.com/Jillian-Black-Autorin-20749
5800127987

https://www.instagram.com/jillian_black_autorin/

https://www.lovelybooks.de/mitglied/Jillian_Black/

Auch für Feedback und Fragen bin ich immer offen und freue mich sehr auf einen Austausch mit dir.

Herzliche Grüße
   Deine Jillian alias Julia

Autorenbeschreibung

Jillian Black ist das offene Pseudonym von Julia Bolender.

Julia Bolender wurde 1983 in Mainz geboren. Derzeit lebt sie in Witten.

Hauptberuflich arbeitet sie als Erzieherin in einer Kita und lässt ihre Erfahrungen in Kinderbücher und Lieder einfließen.

Seit 2018 veröffentlicht die Autorin über Amazon und Books on Demand.

Als Jillian Black schreibt die Autorin Kurzgeschichten und Thriller.

Bisher von ihr erschienen sind als E-Books, Printausgaben und Hörbücher:

»Verloren-Zwischen Leben und Tod«

»Mutterschmerzen-Geschichten über starke Frauen«

»Du wirst es bereuen!«